周华诚

陪花再坐一会儿

周华诚 著

江苏凤凰文艺出版社

图书在版编目（CIP）数据

陪花再坐一会儿 / 周华诚著 . —— 南京：江苏凤凰文艺出版社 , 2022.1
ISBN 978-7-5594-6281-7

Ⅰ . ①陪… Ⅱ . ①周… Ⅲ . ①散文集 – 中国 – 当代 Ⅳ . ① I267

中国版本图书馆 CIP 数据核字（2021）第 190528 号

陪花再坐一会儿

周华诚 著

出 版 人	张在健
责任编辑	姜业雨　张　黎
装帧设计	周伟伟
责任印制	刘　巍
出版发行	江苏凤凰文艺出版社
	南京市中央路 165 号，邮编：210009
网　　址	http://www.jswenyi.com
印　　刷	苏州市越洋印刷有限公司
开　　本	787 毫米 ×1092 毫米 1/32
印　　张	9
字　　数	150 千字
版　　次	2022 年 1 月第 1 版
印　　次	2022 年 1 月第 1 次印刷
书　　号	ISBN 978-7-5594-6281-7
定　　价	68.00 元

江苏凤凰文艺版图书凡印刷、装订错误，可向出版社调换，联系电话 025 - 83280257

序
一百件缓慢的事情

很多事情需要重新打量。当你匆匆而过时,一棵树是这样的,当你坐下来慢慢看它时,它就发生变化了。有的时候,你离这棵树很近,只能看见它粗大的树干岿然不动,当你离得很远再去看它时,它就开始摇曳了。

还有的时候,你瞪大眼睛看一样事物,它是这样的。当你闭上眼睛看一样事物时,它又是另一副模样。

我是什么时候开始发现这个秘密的呢?

——在我离开家乡以后。

我离开山野,便闻到了森林里阵雨过后青翠欲滴的空气,以及空气里隐约飘散的某一种草木香气。

当我在城市的夏夜辗转难眠,我就听到了一片遥远的蛙鸣。把蛙鸣作为背景音，可以帮助我进入熟睡状态，如果有风声或雨声就更好了。而蝉鸣略显聒噪。这时候让雪落深山好了，让竹林簌簌，让松枝上的积雪轰然落地。

在我浙江西部的家乡，那个叫常山县的地方，我自小生长的五联村，那里有大片的田野与山林，一条小小的溪流（我为它起名"桃花溪"）缓慢地绕村而过，从前溪上还有一座古朴的木板小桥。发大水的时候，桃花溪泛滥，汪洋之水漫过道路与水稻田。你都无法想象，一夜之间那些雨水都是从何而来，匆匆而去时又携带什么样的使命。

在三十岁之前，我都在努力地远离村庄。远远地离开它之后，我偶尔会以一个旁观者的视角来打量我们的村庄，在书房，或在纸上。我想起村庄里的父亲和母亲，想起那些在田野上与山林里劳作的人。我忽然发现，他们度过时间的方式让我着迷。

在那之后，我又试着回去，回到那些熟悉而珍贵的事物旁边。我风尘仆仆，风霜满面，但我内心澄明，脚步坚定，想要回到那些事物旁边。

回到那里，然后，会有一百件缓慢的事情，等着我们一起去做。

随便列几条出来：

一，找一个种植马铃薯的人喝酒。种马铃薯的，和种辣椒、种黄瓜、种水稻的通常是同一个人，和东篱种菊花的也是同一个人。找他喝酒，我们可以把一碗酒喝出东晋的水平。

二，跟一个守桥的人约好，在晚饭后散步。这时候天色是幽蓝的，稻田里的秧苗正在返青，萤火虫四处飞舞，我们刚好可以借光看清脚下的路。

三，坐在田埂上看红蜻蜓飞舞。这时候晚霞会很好看，如果你低头，可以看到水稻的脚边，水中倒映着一片晚霞，将比天边的那一片更加瑰丽一些。

四，秋风起的时候，仔细地聆听林间板栗落地的声音，同时数数，从一数到一百，再从一百数到一。

五，秋天其实是很丰富的，当稻田里的稻谷被收割回来，你会发现田里的蚂蚱一下子多了起来，这时候我们应当去秋游。骑自行车去就可以了。沿着家门前的那条路出发，一直向前，穿过收获的田野，经过颜色正在变红的乌桕树，穿过一大片胡柚林时，也许有人会邀请口渴的我们歇下来品尝一颗胡柚。然后继续往前骑行，直到小溪的尽头，在那里濯足休息，然后再折返回来。

六，去看看"金钉子"，那是一个地质公园，对，如果你以前去过那里，你今年去的时候会发现它一点儿也没变。这不要紧，很长很长时间了，比如说几万年，它们都没有变过。你去到那里就会发现，缓慢其实是很有价值的。

七，去石硿寺和黄冈山走一走，如果是冬天，可以在寺中喝一碗热茶。说不定会碰到两三个陌生人，比如说赵鼎、杨万里、曾几，或者是王二狗、周小麦，他们有的写诗，有的写文章或采草药，我们一定会聊得很开心。

八，我要带你去一个地方，那里的黄瓜是黄色的，像小时候见到的黄瓜一样（而不是青碧色的），很新奇吧？但是那里有点远，龙潭，你一听这名字就知道很远。走路去。走很远的山路。运气好的话，在路上说不定我们可以遇到"八月炸"（那是一种在秋天成熟并开裂的果实，散发甜美芬芳的香气）。

九，春天的时候可以一起去挖笋，我将把我的毕生绝学（泥下透视识笋术）传授予你。

十，四月可以搬一只小板凳，坐在窗前，闭上眼睛，闻柚花的香。也可以在凌晨三点花未眠时，把上好的红茶用纸包好，放在柚林枝杈间，令茶叶熏取柚花的香。有人摘下胡柚的花与茶叶同窨，我不建议此种做法，我更希望那花香是活的。

十一，一起做酒。做酒是有时间要求的。在桃花开时请做酒师傅来蒸谷子和荞麦，用柴火大灶猛蒸，再把稻谷荞麦一起摊到地上，盖上稻草，盖上蓑衣，或者再盖上别的东西，静待时间参与进来，让谷子与荞麦以及时间与酒曲一起发生奇妙的变化。到了夏秋时节，把灶锅架起，把酒蒸出来。这人间的甘露，我们一起将它窖藏，一年一年地藏，然后一年一年地开。开酒之时，就请你坐在我对面，我们一碗一碗地喝酒吧。清晨下田干活，傍晚喝酒看花。从傍晚一直喝到月上中天，然后起身去睡觉。我醉欲眠卿且去，明朝有意抱琴来。

十二，去吧，去一座山里走走，如果那里的泉水很好，就扛一桶水回来。如果花很好，就扛一树花回来。把花插在窗前，然后用泉水煮茶。

十三，榨油坊的号子在耳边响起来的时候，我仿佛回到童年。那号子声消失四十年了。让我静静地想一想，那号子声似乎还在耳边回荡。

十四，朋友在山上摆了一壶酒和两碟瓜子。要不要去坐坐呢——朋友又说要一起去防空洞里喝酒。那防空洞隧道很长，炎炎盛夏，那里却是清凉无比。有道是，山中一日，世上千年。我很愿意在这样的一座山里生活。如果日常生活也是一座山，我愿意在那庸常的日常里挖出一条长长而长长的隧道，通到内心的光亮之处。

十五，还可以一起去做很多事情吧，高濂住在西湖，把他人生的好时光都消磨在了美好的事物上。他把湖边的生活，变成艺术的审美活动，由此整理出一部《四时幽赏录》来，春夏秋冬，各有十二件事情可以缓慢地去做。春天里，譬如虎跑泉试新茶，西溪楼啖煨笋；夏日时，譬如三生石谈月，湖心亭采莼；秋天呢，譬如胜果寺月岩望月，乘舟风雨听芦；冬日间，譬如山窗听雪敲竹，扫雪烹茶玩画。生活之美无穷无尽，难的是，有一颗懂得的心。高濂眼中的西湖，也是他心中的西湖，是他一生的理想生活。还有很多很多这样的事情，等着懂得的人一起去做，去缓慢地，发现一座自己的故乡，内心的故乡。

是为序。

2021年7月14日

目 录

卷一 落花

山中月令　　　　　　　　　　　　　003

人生果实　　　　　　　　　　　　　017

我让萤火虫去接你　　　　　　　　　027

把秧安放进大地　　　　　　　　　　034

书房一片月　　　　　　　　　　　　042

六间房记　　　　　　　　　　　　　046

陪花再坐一会儿　　　　　　　　　　051

卷二 山色

总有一些事物会记住曾发生过的一切　073

纸上的故乡	087
树荫的温柔	117
每座村庄都珍贵	139
为大地喝彩	148
山里有座榨油坊	156

卷三　会饮

在常山喝茶	171
做戏	175
水边的村庄	182
会饮记	190
听见万物在歌唱	204
歇脚之地	211
田野上的风	215

卷四 上座

食辣指南	227
一碗乡愁的面	238
照过很多相的茄子	243
萝卜上署着农人的名字	248
浅渍的味道	252
甜意充盈的夜晚	256
笋干、笋油与火锅底汤	261
夹饼记	265
招贤酒	269

后记 273

卷一 落花

君自故乡来,应知故乡事。
来日绮窗前,寒梅著花未?
　　　　　——王维《杂诗三首·其二》

山中月令

一月落雪。山中寂寂。

雪花压竹林,一片一片。一夜爆裂声,毛竹压坏不少。

雪花也有重量。雪花压在猕猴桃枝上,须除雪,不能听凭它压坏枝条。

这山中有小气候,气温不会太低。最低不过零下四五度,猕猴桃树能耐零下二十度大寒,现在出不了大问题。

山中清冷,三只鹰在高空盘旋,它们已是老朋友了。

除雪工作做完,离春节就近了。老林准备出山过年。

在山中十年,人都以为老林在山中"修道"。十年前,老林到这人迹罕至的山中种猕猴桃,如世外隐居,也如人间修行。

老林大名林建勇,今年五十四。其人面貌敦厚,言语迟缓。一身青灰布衣,两脚黄泥裹裤。

他扛锄头拿柴刀,在丛林巨石之间钻进钻出,敲积雪,听山音。

三只鹰从高空见了他,恐怕也会认为他是"桃仙人"。

二月雪化。晨起,又钻进猕猴桃园看树。

每隔三天巡园一遍。全园有猕猴桃树一万六千棵,他要把每株树都看一遍。

主要看病虫害,他随身携带医用酒精、棉球、镊子、柴刀,若见枝上有病斑,就用酒精棉球处理。清除病菌,处理伤疤。

病菌弱小时好处理,防微杜渐。病菌大了,悔之晚矣。

他吃过亏。投下去一千多万元,造了一个猕猴桃果园,两万棵苗,到了三年后,快有好收成了。结果因为杀菌不到家,起了溃疡病,遭致毁园之灾。整个果园,猕猴桃树无一幸免。

他欲哭无泪。原来雄心勃勃,没想到如此艰辛。

怎么坚持下来的,他都淡忘了。

只记得是,在哪里跌倒,就要在哪里爬起来。

他把猕猴桃树全部砍完,等它一点一点重新生长成林。

他现在走在猕猴桃园里,跟桃树可以交流了。要不要剪枝,枝条会不会累,缺不缺什么营养,他一望便知。

三月春风吹拂山间,涧水丰盈欢唱。

在园中开排水沟,给猕猴桃树施发芽肥。待母芽出来,又要疏芽。

园中春草萌发,万物生长,使人欣喜。

老林想起自己三十年前,在深圳背水泥的经历。他和工友一起,八个人,一天要背六车皮的水泥,总共四百八十吨,一人一天六十吨。一袋一袋水泥,靠肩膀扛出来。

那时候挣的钱,每个月八千块,真是拿命来换。

半个月下来,肩膀脖子,皮肤都烂开了。日复一日,皮肤扛不住水泥的侵蚀。

一年零四个月后,他带着攒下的钱,回到老家办了一家砖瓦厂。又过了些年,他进山种猕猴桃。

那样的苦都吃过了,还有什么扛不过去的?

冬去春来,这大山坞里,也是遍地春意。

四月,猕猴桃开花。

猕猴桃开花,前后一周,最长不过十天。

猕猴桃开花时，花很香，却无蜜，蜂子不喜欢去，这就需要人工授粉。

早上把花药提取出来，放在二十八摄氏度以下环境，过二十四小时花粉会自然爆出。要看好温度，如超过三十度，花粉活性会丧失。

再用机器喷粉，或是一朵朵花去传粉。

园子里，每二十株猕猴桃树里，便有一棵是雄树。雄树雌树，老林看叶看茎，也一眼可以分辨。仔细看，雌树的花朵，有一个初生的小猕猴桃，也就是在花朵中间，可见子房。

花开时，靠风传播，花朵也能自然授粉。只是花粉很重，风吹不远，效果不佳。靠昆虫，效果也不佳。

猕猴桃花期短，园中有工人二三十人，都做授粉工作。这是最忙碌的时候。

因为花只等你三天。

猕猴桃的花，花瓣白色。第二天略微淡黄。第三天又黄。如果三天不授粉，第四天，花瓣就默默掉落。

花瓣白色的时候，授粉最好。

如到第三天授粉，畸形果就多。这就像人一样，状态最好的时候孕育，才会有高品质的结果。

如果授粉成功，花瓣黄得特别快。

猕猴桃开花的时候，老林就不做任何别的事了，在一片花香弥漫之中传花授粉。

五月中，要疏果。

猕猴桃没有生理落果现象，挂果太多，影响品质，产量也低。及时疏果，把那些畸形果、过密果淘汰掉。看看枝条。枝条旺的，多挂一些果。枝条弱的，就少留一些果子。

挂果，并把这些果子养大成熟，对果树来说，也不是一件容易事。

做这些活，没有多年的经验，办不到。

疏果之后，就要施肥。施膨果肥。把复合肥施在地表，离开根部七八十公分的土地上。这时的营养要跟上。一棵树给半斤肥。大株的树就给一斤肥。

同时施叶面肥。一般如海藻、多糖、氨基酸，还有钙、镁等微量元素。有的可以同时施，有的宜分开施。

叶面肥很要紧，提高叶的光合作用。光靠根上吸收，也不是一回事。施了叶面肥，三天见效，第四天一看，叶子油绿绿的，光照下来，闪闪发亮。

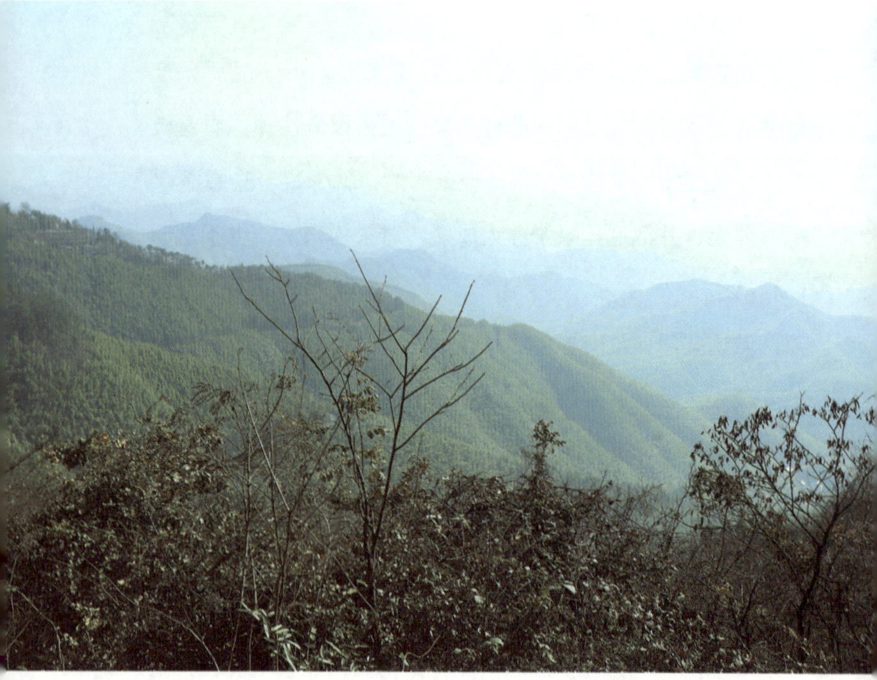

这说明树很健康，精气神也旺。

肥料施在根部，一般要七天，树才会吸收到养分。

有了肥料，果子也长得旺。一个月里，果子迅速生长。今天看这么大，明天看就那么大了。见风就长，肉眼可见。

六月。

山地开沟排水。园里不能积水。南方的雨水季节，要特别当心猕猴桃受涝。

猕猴桃有几个特点，喜光怕晒，喜水怕淹，喜肥怕烧。

你就说吧，猕猴桃这么金贵呀，难伺候。

种什么都要对它的性格了解呀，跟人一样，彼此了解了，喜怒哀乐，冷暖都知，相处起来就不难。

七月，继续施肥。高钾复合肥，也是为了壮果。也要补充微量元素，硼磷钾锌铁钙镁，都要打上一遍。膨果期结束之后，施高钾肥三遍，这是为了集聚糖分。

这个月，施肥的工作量很大。

施肥过程中，要给果实套袋。这个工作量也巨大。老林的办法，是选择性套袋。不是每一个果实都要套袋。日头不直接晒到的，就不套，以减工。树叶能遮阴。

今年，老林套了五十万个袋。

明年估计要套六七十万个袋。

这事极费工夫，一个工人一天最多能套两千五百个袋。最多的时候，林子里有二十个工人在套袋。这项工作，前后持续半个月。

猕猴桃怕日灼。晒伤之后，果子的颜值不佳。本来里面是红心的，晒过之后，心就不红了。

这期间没得休息。还有夏剪——每年夏天都要修剪一次枝条，从五月底一直持续到八月，有空就剪。让枝叶疏朗，利于通风、采光。如闷头憋着，容易起病。

树跟人一样，它也喜欢阳光，喜欢新鲜空气。

干旱的年景里，也要时常浇灌，或用喷管喷淋。

草是不除的。草高的时候，人走进去，人也找不着。这样自然生态好一些，也大大减少了农药的用量。

草茂盛起来，夏天能大大降低地表温度，也防止水土流失。虫子的食料充足，就不会上树吃果子。一般园子里有青虫、毛辣虫、金龟子，会吃草。

猕猴桃的叶子掉落地上，虫子们吃完叶子，就饱了，就不会上树去吃。你把虫子养懒了，它和人一样，坐着有饭吃，就不会站起来，更不会爬到远处去寻吃的了。

草多之后,明显的缺点,是费肥。草也吃肥,但是好在草没有长脚,到了秋天,草枯了,到了冬天,草就烂在地里。

这是用无机换有机,肥料本身,并没有流失。

七月的时候,还要杀一次菌。从正月里猕猴桃树发芽开始,一共有六道杀菌。不同时候,杀不同的菌。

种猕猴桃真是复杂的事情。你都不相信有这么复杂和烦琐。一年到头,磨人啊。

这就到了八月。夏剪、灌溉,都在继续,杀菌、施壮果肥,没有完成的,也还要做。

为了来年花芽分化,提前打一次芸苔素。

到了八月底、九月初,沉甸甸的猕猴桃果挂满枝条,成熟期到了。

你去闻吧,满园子的甜蜜果香。

红心猕猴桃也有两种:黄肉红心、绿肉红心。

黄肉红心甜度高,有二十四个糖度。绿肉红心低两三个糖度。绿肉红心果形漂亮,长长的,好看。产量也更高,商品率好。

九月采果。

采果须人工采摘。工人要修剪指甲，戴上手套。采摘时，大拇指往把子上一顶，把子就留在树上，果子到了手掌心。

老林不喜欢游客来胡乱采摘。有的人粗鲁，采摘时乱扯，就会损伤果树。果树留下伤痕，免疫力下降，溃疡病就会趁虚而入。

采果要持续二十来天。

猕猴桃从开花到果子成熟，要一百二十天以上。不像枇杷、杨梅，成熟起来有先有后，猕猴桃是一次成熟，一次全部采摘完毕。

三十斤一个筐子，边采边装，轻采轻放。选出小果、畸形果、破损果、虫咬果，让其他好果入库。采果当天，果子得进冷库。冷库温度零到四度。先在零下一度的空间，放置二十四小时，把果实体内的温度调下来。

果实也会呼吸，是活的。热度排出，再移库到零下四度，可以放四至六个月不坏。

六个月之后，果实的糖分就会分解，慢慢就不好吃了。

选出的差果，很快软掉，可以酿酒。

机器把果子碾碎，加进酒曲、白糖，放置缸内，低温发酵。

一缸能装一千五百斤。放置四十五天,这时候最有趣,缸内如煮粥一样,噗噗噗噗响个不停。

一日夜之后,缸内发酵的汁水就会往上扑,势同鼎沸。缸内也是滚烫的。同时酒香四溢,满屋子都是酒味。

不会喝酒的人,在这里待半天,出来会有酒后的微醺。

两日夜后,发酵转至平缓状态,此时可以搅拌,封口,静置四十五天。

十月。

也是最忙时候。

采了果,园子要秋剪、清园。剪去多余枝条,剪去挂果枝、病虫枝。剪下的枝,背出来,集中烧毁或是深埋。整个园地,做一次淋浴式喷洒石硫合剂,达到五个"波密度"。

秋剪结束,要杀菌。此时杀菌,有利于采果之后的伤口愈合。

再是割草,一年只割一次草,让草烂在地里,做有机肥。

采果后施肥,这时是施月子肥。一般是采果后十天左右。月子肥是有机肥。下大肥,好好慰劳一下果树,抓紧恢复树势，为来年的丰产打下基础。

秋天施肥最好。秋施是金，冬施是银。一年施肥，七成在秋施。

接下来，涂杆。这是为了果树顺利过冬的措施。要把每根树杆都涂白，防冻，也防病虫害。有时还要刮出病斑，涂白，剪修病枝。三个工序一起做。

此时，各项工作同时进行，秋剪，杀菌，割草，施肥，你说忙不忙？

老林在果园子里，忙得团团转呢。

但此时老林是开心的，果子都已入库，又是一个丰年。

十一月，蒸酒喽。

蒸酒师傅技术过硬，蒸出来的猕猴桃酒，是五十二度，果香四溢啊。

老林对他的猕猴桃酒感到骄傲。几间简陋的房子，老林的栖身之处，仿佛成了一个酒窖。

老林入山的第十年，他把二十万斤猕猴桃酿成了酒。

果子酿成酒，猕猴桃的附加值就提高了。往年有的时候，猕猴桃果集中上市，价格卖不上去了。酿了酒，碰到果子价格低的行情，他就不怕，都拿来酿酒也行。

酒是放的时间越长，越珍贵。

放三年以上的酒，你一吃就知道了，好东西。

他又在山里找了一个地方，挖出一个大洞，冬暖夏凉，用来放酒。

这是十一月。酒香四溢的十一月。

十二月，山外来了朋友，坐下来烤火，喝一盏酒。

聊聊山里的事。聊聊几只鸡几只狗的事。再聊聊一条路的事。一条路走到头，是一片原始森林，那里有棵杉树王，两个人也无法合围。

那是树神，山人路过，都要朝老树拜一拜。

老林说十年前，他只想着种猕猴桃可以种出一个自己的王国来，来到这片大山，这条深山峡谷，一头钻进来。他猜到了开头，没有猜到结果。

结果是什么？

结果是，十年后，他把自己种在了山里，成了人们口中的"桃仙人"。

碰杯。喝一口酒。

酒里都是猕猴桃的花香果香。

山色渐晚，老林指一指窗外渐渐幽暗起来的大山，说这里叫作"火把坞"。有人也叫"灰壁坞"。地质书上写的是"蝙蝠坞"。

　　我和老林碰杯。我觉得,还是叫"火把坞"有意思。

　　十二月末,山里快要落雪了。

人生果实

过了小雪节气，果园里的胡柚全都采摘下树了。家里地面这一层，堆满金灿灿的胡柚果。娇凤奶奶坐在小竹椅上包胡柚。薄膜袋子用手捻开，吹一口气，放进一个胡柚果顺手一转，袋口拧成了一条绳。包胡柚是个简单活计，却磨人，这满家满地的胡柚两万多斤，没有半个月哪里包得完。

广播里新闻播完，播送戏曲，娇凤奶奶知道，十一点了。她起身，把电饭煲的电源打开，然后出门去了。她要去胡柚林里看看，老头子这会儿还在干活。今天风大，娇凤奶奶出门时紧了紧衣服——天真的冷下来了。

胡柚林枝繁叶茂的，将人藏了起来，只有轻微的声音，被林间的风送了出来。娇凤奶奶佝身钻进林子，绕过两棵树，这才见到老头子。老头子就是老徐，执一柄锄头，在离开胡柚根部一米多的地方，耐心刨出一条条浅沟来，再把复合肥施进去。一棵树，总要刨出十来条浅沟，施好了肥，再用浮土覆上。也有人取省力，直接把肥料施在泥层之上，那样一下水，肥力就流失了，老徐觉得这么干，是对胡柚树的不尊重。

还没好呢，一会儿该吃中饭了。娇凤奶奶说。

听见声音，老徐歇下锄头。风从胡柚树梢掠过，呼呼地响。老徐额上冒出微汗。这一上午，只干完十几棵树。但老徐不着急。

老徐今年七十五，娇凤奶奶六十八。两个人在一起，将近五十年啦。

胡柚的"祖宗树"就在胡柚林中。给那棵树下肥，老徐格外舍得下本。

你这是偏心。娇凤奶奶说。

但是老徐只管自己下肥，一锄一锄，刨开地表的泥土。这棵胡柚老树，已经一百二十岁了。当年老徐还小的时候，这棵树就在了，年年秋天挂果，满树金灿灿。那时候，全村也只有这么一棵，家里人都管它叫"橘子树"，只是这一棵"橘子树"结的果实，口感与别的树都不一样。这棵树，老徐听说是他祖父手上就栽下了。

到了1983年，县农业局调查林果资源，发现老徐家这棵果树有些"特别"。特别在哪呢？看起来像"香抛"，却不是"香抛"；吃起来像橙子，又不是橙子，当然更不是柑子，又酸又甜，味道不错。由于这棵树所在的地方，是澄潭村的"胡村"小村庄，大家就把这果实命名为"胡柚"。专家算了算，当时那棵树的年龄，已有七十五岁。

后来，县里决定繁育推广这个果树。由这棵老树繁衍出来的胡柚群体，遍布整个常山县。胡柚果也成为这座浙西县城的知名特产。老徐家的这棵树，由此成为胡柚"祖宗树"。

有人追根溯源，问老徐这棵胡柚树又是哪里来的呢。老徐也说不好。可能是鸟儿衔来的吧，也可能是风儿吹来的吧。不管是鸟儿衔来，还是风儿吹来，也是土生土长的。

澄潭这个村的村民的祖先，在明末崇祯年间从浙江汤溪迁入，但他们的祖居地，并没有柑橘栽培的历史。因此，胡柚并不是从祖先迁徙时带入的。澄潭本地倒是有各种橘树

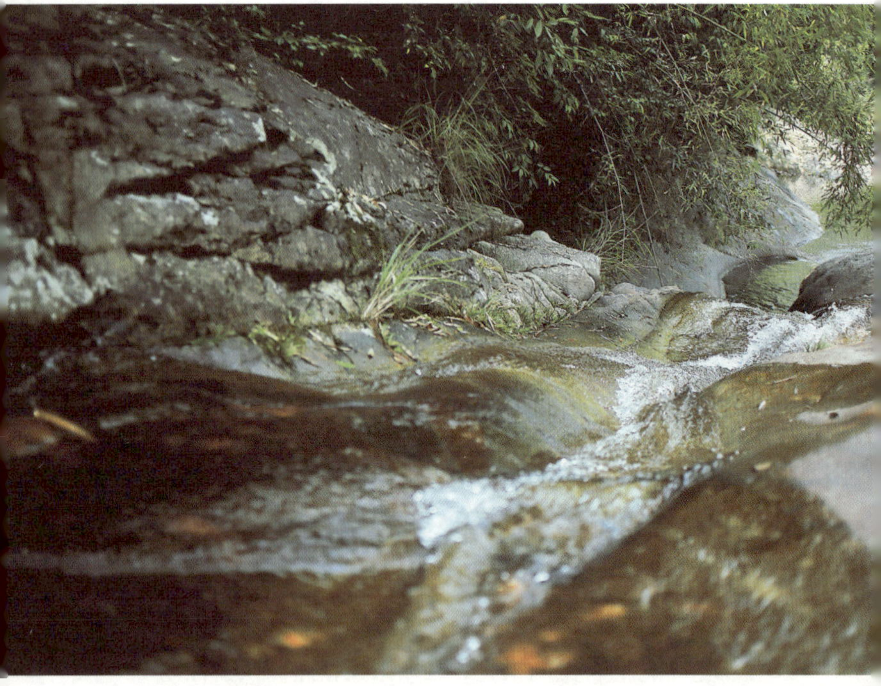

种植的传统，专家们说极可能是自然杂交产生的。那也就是说，这块土地有幸，风啊水啊都很好，种子落地发芽，微风携带春天的万物花朵，流浪到这里就落下来，于是，诞生出这世上唯一的果实。

在老徐的自留地里，胡柚的实生群体还有一批，大概有十几棵，树龄在五十多年。当时为了挑选培育最有品质的胡柚果子，橘农和科技人员一起，经历了漫长时间的选育，慢慢地才让品种定型下来，然后推广到全县各地。

老徐记得当初，他们家人把胡柚果挑到城里，是当作"野货"卖的，多人看，少人买。那时大家都吃本地衢橘，这胡柚还无人识得，大家都看个新鲜，价格却不到本地衢橘的一半。只因那胡柚丰产，年年结果，家里人才手下留情，保存下来。

他怎么会想到，后来胡柚会成为一只佳果，闻名天下呢。

老徐退休已经十四年啦。

退休前，老徐是一名光荣的人民教师。作为全县早期高中毕业生之一，他当了中学教师，数学教了四十一年。

现在，老徐的退休证，被他郑重地装在相框里，挂在堂屋最显眼处——"徐立成同志：光荣退休。二〇〇六年九月。"

娇凤奶奶问他，老头子，你这一辈子，教了多少个学生？

老徐摇摇头，说算不出来。真要算，一年两个班，那就得一百多人，四十多年，你算去吧，有多少。

倒是常常有学生在路上见到他，叫他一声"徐老师好"。有时看对方面孔，也胡子拉碴，沧桑得很，老徐也总是想不起对方是哪一届的学生了。

有时也有学生三五个，结伴来家里看他，顺便也看看那棵胡柚"祖宗树"。他的学生里，有当领导的，开工厂的，外出务工的，在家种田的，多呀，跟春天胡柚树上的花朵一样多。

老徐的儿女们也都在外地，离得远远的。三个女儿，一个儿子，不是在杭州，就是在无锡。大城市里热闹得很，车太多，楼太高，老徐不喜欢，娇凤奶奶也不喜欢，说是待久了会头晕。

老徐退休之后，儿女们都希望他们能享享清福。也商量着让二老搬到城里去住。商量来商量去,二老都没有去城里。

还是住在乡下老家舒坦。老徐说,这角角落落,闭着眼睛都能摸到。

空气好,水好。娇凤奶奶补充说。

还有这胡柚树呢,一百多棵,也不能不管。老徐又说,这棵胡柚"祖宗树",我得好好照料呀。

胡柚成熟时,一两万斤果子,都要采摘下来。现在的村庄里,年轻人不多了,很多事情都是老两口帮衬着,自己慢慢干的。慢就慢一点,不着急。

但是爬高爬低的事情,老人家已经吃不消了。

胡柚树高高的,免不了要爬树。去年五月,胡柚疏果,把青果摘下一部分来,晒干了也能卖钱。就在爬梯时,娇凤奶奶一个不小心,跌了一跤,把手摔断了。后来送到省城医院,住了二十天,出院后,又在杭州的女儿家里休养了三个月。

儿女们好好把老两口"批评"了一通。

你们还真把自己当年轻人了——这怎么行?

大家不在身边,你们要相互照顾,再不能做这样危险的事了。

为那一点胡柚,不值当!要我们说,那些胡柚树,干脆都不要管了。

但是老人家还真丢不下那些胡柚树。休养好了,回到老家,老两口转着转着,又转到胡柚林中去了。

照往年情形,这会儿,就已经有老板上门来收胡柚了。

可今年还一点儿动静都没有。

受疫情的影响,大家还有些吃不准行情呢。老徐和娇凤奶奶一边有一搭没一搭地说话,一边用薄膜袋子吹开,包着胡柚。

胡柚能预防感冒。胡柚壳剥出来煎水喝,苦是真苦,但我们村里人感冒了,这么一碗喝下去,发一身汗,感冒一下就好了。

胡柚清凉,利肺,比吃药好。老徐也说。

平时,他很注意收集一些胡柚的资料,胡柚就是一个宝,可惜很多人还不太了解这个果子。

不过,刚采摘下来的胡柚,并不是最好吃的时候。

这个果子得放放。放上一个月两个月,果实里面的酸味转化成糖分，就甜了。剥开厚厚的柚壳，果实的囊粒汁液饱满，一口下去，汁水爆裂，又鲜又甜。

冬天在空调间里，剥个胡柚吃吃，那是高级享受。

这个话是女儿跟她的朋友们说的。女儿见老两口的胡柚那么多，就在朋友圈里吆喝，一吆喝两吆喝，胡柚就纷纷地卖出去了。

上海的，北京的，南京的，杭州的。有人吃了，年年都惦记着买。

胡柚好吃树难栽。胡柚树还得管得勤。这树吧，大概树干里也都是甜的，虫子也爱吃。两年三年不管它，胡柚树就被虫子蛀空啦，树就毁了。

那一棵"祖宗树"，每年深秋胡柚金黄的时候，县上就有很多人过来，敲锣打鼓，搞个仪式，庆祝一下。热闹是一阵子的事，平常的照料，却是经年累月的。

老徐和娇凤奶奶平常侍弄这些胡柚树，都是慢慢来。

做得动，多做一点。做不动，少做一点。娇凤奶奶说。

有得做，都是好事情。老徐说。

"祖宗树"上结的胡柚果，特别受欢迎。这棵树年年能结果一千多斤，有人开价五千元，把整棵树包了。

也有人说这个价钱太便宜,应该卖一万元,或者更贵一点。老徐笑笑。他说"祖宗树"一百多年了,这树结的果,不能只看卖钱多少。到底还要看啥,老徐还是笑笑,不说。

胡柚的好滋味,都是用时间养出来的。

吃过中饭,老徐又扛着锄头去胡柚林里了。

娇凤奶奶也跟着去。老徐干活的时候,娇凤奶奶就在一旁看一会儿。看看树,看看草。

穿过林间的小路,风吹着胡柚树叶哗啦啦地响。等这一批复合肥下完,天气就要冷下来,树叶也要落光了。

但是,等到冬天过去,春天再来,胡柚花开的时候,整个林子像落雪一样,那个香啊!

十里飘香。娇凤奶奶喃喃地说着。

不止十里啊,现在一个县的胡柚面积十万亩,说百里飘香也不过分。老徐接一句,继续干活。

这干活的声音,安安静静的,就随风吹到远远的地方去了。

我让萤火虫去接你

1

和两三位朋友饮酒夜归,几个人穿过小树林,发现路间飞舞着几只萤火虫。小小的绿色的光点飞啊飞,引得大家大呼小叫,兴奋不已。

是六月初,我带着城市里的朋友回老家种水稻。每年的暮春初夏,我都带他们来田间干农活。我们在田埂上坐着,谈天说笑,也在泥水间弯腰劳作,把青秧一株一株插进泥土。到了秋天,田地里一片金黄,他们又会回来,一起收割。

每一次田间劳作,都让人领会到自然与山野的美好。

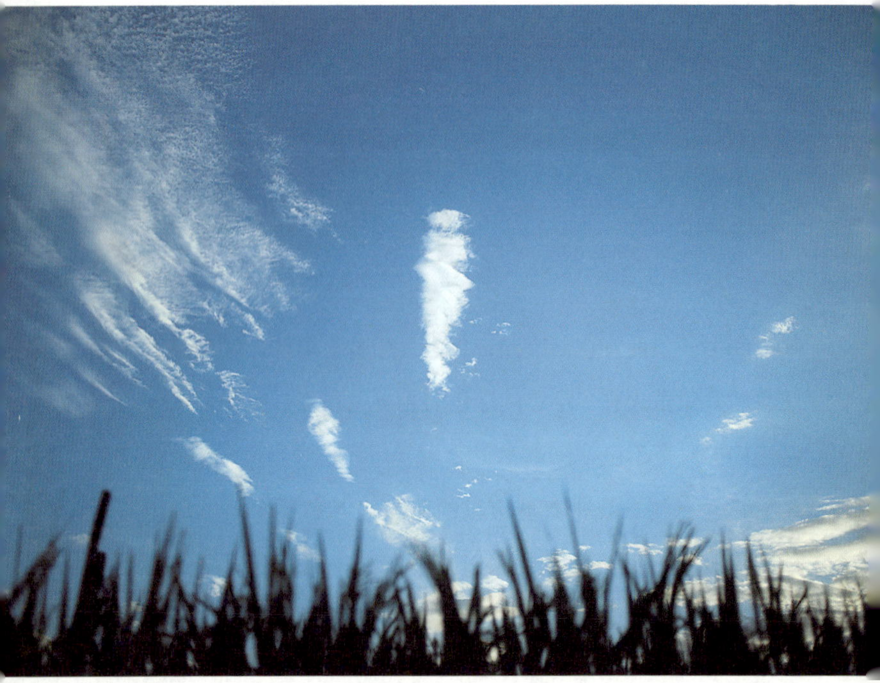

即便是萤火虫一只两只飞过眼前，都令人惊讶。这细微的美好，我们还以为早已丢失，结果它们还在。而我们内心深处，居然还能被这种微不足道的美好打动，这也让自己感到意外。

还以为自己生锈了呢!

所以，那就经常到乡下来插秧呀。

我们就这样开着玩笑，一次又一次回到稻田。我想起来，在我少年时候，最害怕的，就是暑假干农活，无数繁重的农事压在大人们的肩上，孩子们也要帮着干些力所能及的事。六七月的暑热之中，必须咬牙坚持，挺过农忙时节。那时，大人就会嘱咐小孩：要好好念书呀！这样，以后就不用干农活了！

夜渐渐深了，大人与小孩带着一身疲累，沉入梦乡。

只有小小的萤火虫，提着小小的绿色的灯笼，那么飘逸，飞呀飞。一闪一闪，一闪一闪，一闪一闪，仿佛梦境。

2

买过一本书《故乡的微光》。光看书名，你猜不到这是一本关于萤火虫的书。

作者付新华,国内稀少的萤火虫研究专家之一。华中农业大学植物科技学院教授,也是中国大陆首位萤火虫博士。自2000年起,付博士致力于萤火虫的考察与研究,发现和命名了雷氏萤、武汉萤、穹宇萤等多种萤火虫。这些年,他对萤火虫数量的锐减感到痛心,积极投身萤火虫保护事业,通过讲座、著述、摄影等形式,向公众传达科学赏萤、保护萤火虫栖息地的理念,还成立了国内唯一一家萤火虫环保组织"萤火虫自然保护研究中心",被媒体称为"中国萤火虫研究和保护第一人"。

读这本书的时候,就仿佛回到了小时候,在夏夜家门口遇到浮游的萤火虫的情景。那一闪一闪微弱的光,就像是童年的记忆。想一想,你有多久没有再遇到它们了?

3

萤火虫在中国古籍里,待遇真高。打开数字版的《钦定古今图书集成》,便能检索到萤火虫飞散在各种古籍里的小小身影。其中"博物汇编·禽虫典"第一百七十一卷的"萤部汇考",搜集到古人对于萤火虫的各种描述。埋头阅读诗词文赋,便仿佛沉入一个萤火虫的世界,闪闪烁烁,流光溢彩。

小小萤火虫有各种各样的别名:熠耀(《诗经》)、宵行(《诗经》)、荧火(《尔雅》)、即炤(《尔雅》)、丹鸟(《大戴礼记》)、耀夜(《古今注》)、景天(《古今注》)、丹良(《古今注》)、燐(《古今注》)、夜光(《古今注》)、宵烛(《古今注》)、挟火(《埤雅》)、攄火(《埤雅》)、蛆萤(《尔雅翼》)、蠲(《本草纲目》)、水萤(《本草纲目》)。细品之下,这些名字都典雅极了,带着诗意,就像萤火虫提带微光,穿越时空,款款而来。

魏晋南北朝时期开始,萤火虫就频频出现在诗人的笔下。南朝梁简文帝的《咏萤》诗云:"本将秋草并,今与夕风轻。腾空类星陨,拂树若花生。屏疑神火照,帘似夜珠明。逢君拾光彩,不吝此生倾。"大概在古时候,光污染、空气污染都没有这么严重,生态环境也好很多,夏天的夜晚,萤火虫数量一定非常多吧。万千萤火虫明明灭灭,足以让夏天的夜晚万树生花,增光添彩,这萤火虫的光亮,可以把人带入一个浪漫主义的世界。

李白写萤火虫,独出机杼,一首五绝不见一个"萤"字:"雨打灯难灭,风吹色更明。若飞天上去,定作月边星。"杜甫也有诗咏萤火虫:"幸因腐草出,敢近太阳飞。未足临书卷,时能点客衣。随风隔幔小,带雨傍林微。十月清霜重,飘零何处归。"韦应物也有《玩萤火》:"时节变衰草,物色近新秋。度月影才敛,绕竹光复流。"

写萤火虫的诗人,可谓车载斗量,不胜枚举。倘若像小时候一样,在夏夜天空下歇凉赏萤,还能打开手机一一吟诵古人的诗词,那又是多么愉快的事情。只是二三十年前的乡野人家,一册图书尚且不易找到,又没有如今普及的手机电脑工具,哪里能轻易得到这些珍贵的诗文歌赋。对于孩子们来说,无非是仰卧竹榻,遥望夜空出神,心与天地萤火星光一般空澈澄明,用一颗天真的心去感受自然万物罢了。

有时,村夫野老能讲一点传奇故事的,便已属难得,引得村庄中的孩子们都围着,听他讲讲"囊萤映雪"之类的典故,以及奇奇怪怪的故事。关于萤火虫的精怪故事也很多,这两天从古书上读到,颇有乐趣,随举两例。一是《拾遗记》里有说:"岱舆山萤火大如蜂,声如雀,八翅六足。"一是《酉阳杂俎》里的一则笔记："登封尝有士人，客游十余年，归庄，庄在登封县。夜久，士人睡未著。忽有星火发于墙堵下，初为萤，稍稍芒起，大如弹丸，飞烛四隅，渐低，轮转来往。去士人面才尺余。细视光中，有一女子，贯钗，红衫碧裙，摇首摆尾，具体可爱。士人因张手掩获，烛之，乃鼠粪也，大如鸡栖子。破视，有虫首赤身青，杀之。"

这样的故事，倘若在小时候听到，一定会在赏玩萤火虫之余，或者"囊萤映雪"这样老生常谈的典故之外，给孩子们增添一些惊心动魄的乐趣吧。

4

"萤，一名挟火，越人谓入室则有客。"（《直省志书·山阴县》）

萤火虫莫不是要提着灯笼去接客人？

你们都来吧，父亲的水稻田又要开始插秧了。

我让萤火虫去接你。

把秧安放进大地

六月,中国南方省份已经进入梅雨季节。大雨,中雨,小雨,阵雨,有时有雨,阴转小雨,中到大雨,暴雨如注。雨以各种不同的姿态轮番出场,扑向大地。我们终于在这密集的雨群中觅得一个间歇。

吃饭的时候还下着雨,我们到了田边雨势转小,真的要下田时,雨就止了。

此时山峦明净,四野清晰,空气如洗,泥土的气息与植物的气息在村庄里飘浮。大家脱了鞋袜,把脚伸进泥土。细腻的泥水在趾间滑动。左手一把秧,右手把一棵秧苗插进泥土之中。

手把青秧插满田，

低头便见水中天。

六根清净方为道，

退步原来是向前。

这几句诗里，隐藏着插秧的技术要领。一是必须低头和弯腰。低头和弯腰是与田野进行亲密接触的首要条件。弯腰使得人呈现一种躬耕于南阳的低微之态，低头是把视野变小，把世界观变成脚下观。这个时候我们看见水，看见泥，看见水中有天，看见天上有云，看见水中有自己，也看见水中有蝌蚪。二是必须手把青秧。手把青秧使得我们站在田野中间时，不再百无聊赖，我们每个人都在操持正事，手把一只手机使我们联通全世界，手把一株青秧就使我们联通土地。此刻我们放弃了全世界，只为了脚下的土地。我们手执一株青秧，弯下腰身，伸出手去，以手指作为前锋，携带着秧苗的根须，植入泥土之中。泥土微漾之间，一种契约已经生效：你在泥间盖上了指纹，每一株青秧都将携带着你的指纹生长。

插秧的技术要领还包括一些似是而非的规定动作。比如双脚与肩平,分开站立,同时尽量少移动双脚。双脚戳在泥中,并不是要把脚插在田里生长。如果一双脚在田间站满五个月,脚下会生根,头上会开花,并结出沉甸甸的粮食,麻雀将会光临,并在头发中间筑巢,或许会有小雀育出。这是稻草人的故事。我们不是稻草人,所以我们脚下不会生根,我们走来走去,但事实上应该少走动。脚的少走动,使我们把精力集中在手上,插秧的效率将得以提高,而脚坑的减少也不会使一株秧落入陷阱一般的空虚。

还比如说,插秧其实是一种倒退行为。倒退的时候你其实是看着眼前的田野被成绩所覆盖。于是得到鼓舞。得到信心。得到一种心灵的丰富与充盈。你将看不见令人感到恐慌的空白。它们终将被填满。你只是在倒退,倒退,一抬头看见青秧又多了数百行。多了数千行。你距离最初植下的第一株秧又远了好多。它越来越渺小。你倒退着倒退着,终于脚后跟触碰到了田埂(另一种底线),于是心里一阵欣喜。这种欣喜有时又是极为平静的。它更多的时候,代表的是你对自己的一种满意度。

这一切我们不会对下田插秧的孩子说。虽然他们人数众多,有一二十个,从遥远的城市或幼儿园或课外培训班或

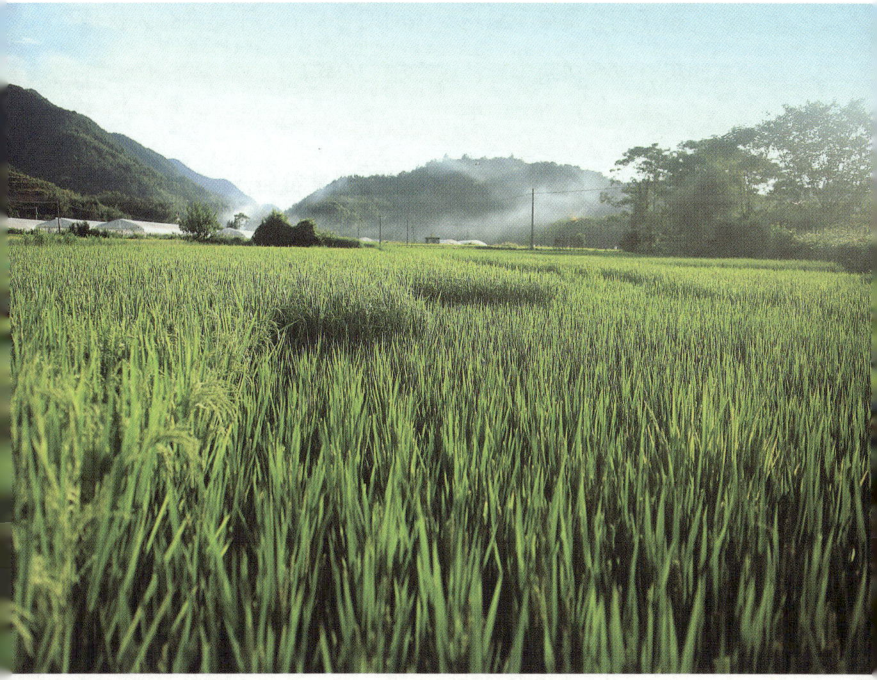

游乐场所而来,他们将十分需要稻田大学校长对他们讲述一些关于田野的故事。但是睿智的校长同志什么也没有说。校长只是举起一株秧,把这株秧举给他们看。然后校长弯下腰身,把这株秧稳稳地安放进了大地。

孩子们总是会了解这一举动的意义的。不是在今天就是在明天。或许在两年后,或许在二十年后。

父亲带着孩子来到田间。他手上拿着稻秧,俯身与孩子耳语。

事实上他们内心都隐藏着一个希望,恨不得把自己知道的这个世界的所有秘密都传授给年幼的孩子。

这时他会想起自己的父亲,曾经对自己耳语过的那些话。那些话具体的章节与指向的事实都已经模糊不清,早已在时间里飘散,但是耳语的动作与意义却清晰无比地流传下来。

他不会告诉孩子一屁股跌进泥水中是什么感觉。除非孩子自己真的一屁股跌进泥水中,这种感觉才能被准确地传达。所以看到孩子摇摇晃晃踉踉跄跄地行走在泥水中间时,他一点儿也不紧张,他甚至有一点儿希望孩子脚下能滑一下，小小地滑一下，然后果真，孩子一屁股坐进泥水中。

还有一些大侠遵循着自古以来的习惯，沉默不语。

他们在练习一种绝世武功。很多时候这个世界的人们并不怎么理解他们。村庄中的大部分人乐于接受新鲜事物，他们总是很快知道哪些地方最缺什么工种，哪些地方的老板开工资最慷慨大方，他们洗干净了脚就奔赴那些地方去了，过年的时候带回很多年货和现金，过几年就在村庄里把楼房造得又高又漂亮了。

另一些大侠——毫无疑问是极少数——他对自己年复一年盖进泥土中与青秧一起生长的指纹坚信不移，或许是指纹拴住了他，谁知道呢。他有些惧怕外面的世界，他只对父亲教给他的关于庄稼的那些事情熟稔于胸，胸有成稻，底气十足，喉咙梆梆响，对此他是有发言权的。而对于田野之外的事情他不予置评，甚至带着摒弃的态度，他有时也试图遮掩自己的心虚和怯懦，面对那些过年的时候带回很多年货和现金的人总是底气不足。所以他从人群里折返，又回到庄稼中间，用一把年久不必修的锄头这里挖两下那里挖两下。起先那把锄头有些滞，有些冷，渐渐地那把锄头开始热，开始熟，继而开始柔，开始活，开始行云流水，开始凌波微步，开始蝴蝶穿花，开始鹞子翻身，开始风摆荷叶，开始叶底藏花，开始风起云涌，开始长虹挂天。然而最终是以点到为止，以马踏残雪收尾。他歇下锄头，望向远处天边下的青山一片，抽烟。

很少有人知道，这是一种功夫。

也很少有人知道，这是一种门派。

如果我是周星驰，我会来拍一部这样的电影。这一次很幸运地，我们在田野中间遇到了他们。我们向他们讨教一招半式，他们起先很迟疑，后来很高兴，觉得终于遇到了知音。这些年已经极少有人对他们的武功感兴趣了。

我与父亲一起，穿过江南的梅雨季节，去田里插秧。我离开这个叫常山的故乡已经多年，离开这片叫稻田的土地已经很久。

现在，我回来了。

在我的身后有几十个人，他们都是从大城市而来。最远的一个，是从一个叫作伦敦的地方来的。来干什么？只是为了插秧。

父亲抬起头,在这个烟雨朦胧的清晨,这位稻田大学校长同志面向稻田所有的来宾举起手来。他的手中有一株青秧。他把这株青秧举给大家看。然后,他弯下腰身,恭恭敬敬地,把这株秧,稳稳地安放进了大地。

书房一片月

怎么说呢,王祥夫先生给我画过菖蒲,写过"稻香馆"三个字,我把菖蒲挂在书房小茶室,把三个字放在餐厅,都很合适。

有一天他又说,要给我画一柄锄头,跟真实的锄头差不多大小,这样挂起来就像一柄锄头挂在墙上一样。

锄头这东西,我们老家叫作镢头,有尖嘴镢头、直镢头、大板镢头。一个认真做事的农夫,总是有许多把镢头的,就好像一个认真做事的画家,总有许多支毛笔一样。

我想一想就知道,一柄镢头挂在书房,我一抬头就能望见,那是一种警醒——不是说"一日不作,一日不食"吗,今天你劳作了吗——于是这样的画作,也可谓是"当头棒喝"。

在我的老家,长辈要是用镢头棒子打晚辈,那真是一种教训。从前这样的教训是有的,很严厉,也很有效,晚辈二十多岁,犯了什么事,跪在那里一声不吭,镢头棒子噗噗两三声打在屁股上,他还是一声不吭。

农具上都有神明在场,用农具敲打一个人,是有一种威严的。镢头的威严,在过去漫长的乡村时光里发挥着规范人心的作用。谁家的孩子挨过镢头棒子的打,第二天全村的孩子都知道了,两股战战,好像昨夜自己屁股上也挨过了打。

有位朋友写了一本农具的书稿准备出版,让我提提建议,我却提不出什么建议,只说农具并不只是拿来怀旧的。很多农具正在从生活里消失,比如竹箕、打稻机、风车、水车,如果不是特意从乡村的角落里搜集出来,它们就会被风吹,被雨淋,被日光晒,然后迅速朽坏。我们村里的"稻作文化馆",征集了一部分老旧的农具,向前来参观的人讲述着从前的故事。但是我总觉得,附着在这些农具身上的威严已经悄然退场。

以前关于农具的规矩很多,不能穿鞋踩上竹箕,不能无端坐在打稻机上,不能让风车空转,不能踩着水车嬉戏,孩子们看见这些农具都会生出敬畏之心，似乎爷爷的烟筒锅子一不小心就会敲到头上。现在的孩子们，若在文化馆里看见这些农具，也是嘻嘻哈哈的一眼就过去了，见了也等于没有看见，更不往心里去，因为这些物件，已跟他们的生活毫无关系。

不能被使用的物件，必然失去光辉。只有镢头还是光溜溜的，带着温润包浆。我有时还扛着这样的镢头去挖笋。有时又带着这样的镢头去田间挖沟。泥土翻过来，就会有蝼蛄钻出来，在泥水之间四面乱窜。

蝼蛄这种小昆虫，我们乡下叫作"田狗子"，炎热季节，田狗子也就常常自己飞到院子中来。农历五月底，插秧之前，要耕田耖田耙田，新鲜泥土香气郁郁，犁耙过处，泥鳅和田狗子都很多。田狗子有一双大锯子一般的前腿，看起来很威武，但似乎对人并没有什么伤害性，只是会割断庄稼的茎叶，所以应当是害虫。因为叫作狗子的关系，孩子们喜欢捉了来玩。

到底是害虫还是益虫，我到现在，看法又有所改观，虫子就是虫子，从生态链的角度来说，不管害虫还是益虫，归根结底都是有益人类的吧，都是食物链条上必不可少的一环。

  现在的孩子也不知道田狗子是什么东西了。王祥夫先生有一天给我画了一幅画，上面是一把稻谷，看起来沉甸甸的，右下方是一只田狗子。祥夫先生善画虫子，他给我画的田狗子眼神烁烁，勇武极了。

  我觉得这只田狗子很好，有田间夏日气息，便裱起来挂在书房。书房里有茶壶，有笔墨和电脑，也要有一柄镢头和一只田狗子。

  月亮好的时候，月光从东山顶上照下来，照进书房，把一柄镢头照得闪闪发亮，充满威严，一只田狗子也在那月光里蠢蠢欲动。

六间房记

一曰望田。推窗可望田。田间秋收已过，秋草枯黄，望之颇可自得。此季稻作，栽种两种稻，一种糯稻，一种粳稻。寒露过后稻熟，有人驾驭收割机前来，轰隆隆声势浩大，顷刻收尽稻谷。这一丘田，四石面积，一家四五口人起早获稻，须得摸黑才能干完，一身疲累不堪。此机器下得田中，大口吞吐，半小时即告完工——稻草归了稻草，谷粒归了谷粒；一支长长的机器"手臂"伸出，袖筒中哗啦啦吐出稻谷来。农人们站在田埂上，鞋都未沾泥，便眼看着机器完成了一场劳作。大家忆昔思今，感慨不已，不得不钦佩机器的力量大，解放了大家日渐老去的身体。今年父亲腰疾愈重，干活力有不逮，岁月不饶人呀——幸有此收割机光顾。

建平开车到田埂，帮忙把一袋一袋的稻谷搬运至门前。黄昏时候，晒谷坪上，便摊开了一片片的金灿。

一曰修书。劳作之余，读几页书吧。倘再有心情，就写一点东西。短的写信，长就写书。日子短短长长，如田间野草，长了又割，割了复长。"父亲的水稻田"至今已有七季，年年都有收成。然而单是伏身在田地里干活，不免枯燥，起身伸一伸腰时，还是要有一点远方的念想。譬如，提笔给朋友写信，远人兄，好久不见，你还好吗。翻开书页，读书上的旧文章，也如与老友叙往，偶尔也想邀陶渊明来我家篱下，种几株菊花，邀李白到楼顶上闲坐，共饮一壶春酒。此时此刻，修不修书，倒在其次了。

一曰抚琴。常有文学采风活动，却最怕去内蒙古、新疆、云南，这些地方人多才艺，开口能歌之，身动就舞之，歌舞天赋似乎与生俱来。余不擅此道，口讷肢笨，只能作壁上观。但不妨碍余心向往之。"稻之谷"建筑之中，此室有一窗与中庭相通，人立庭中观之，如望高崖，崖上何人，抚琴和之。去年，余主编一册琴书，《且抱古琴》，也是出于心中的热爱。古琴本是文人琴，书中多少文人情。奈何我，心中有音弹不出，愧作今日一文人。

一曰听风。杜甫有《茅屋为秋风所破歌》，那秋风乃是妖风了，欺人太甚。江浙地方，每年都有台风登陆，沿海民众尤苦台风久矣。我故乡衢州常山，地处金衢盆地，四面皆山，阻挡了台风的脚步。而我少时种田，也苦雨久矣，时常在干旱的夏季，与父亲一道看水。所谓看水，便是拿一把小凳子坐在池塘边上，守着那涓涓的细流，一点点流淌进自家的水稻田。如果不守在那里，这水流便被别的村民"截"走了。烈日当头，土地焦渴，跟大片大片的水稻田比起来，那一口小池塘的水，犹如杯水车薪。然而，即便这一点水，也是多么金贵呀。这样的时候，便渴望听到风声雨声。风刮起来，呼啦啦作响，那是天籁之音。狂风挟着暴雨而来，更是天作之合。农人种田，仰仗天意，敬仰高处的神灵。听风听雨，听松听雪，实在的，都是听取万物的歌唱。

一曰观云。观云之前，先观心。从田地回来，歇了锄头，洗一把脸，饮一杯茶，收一收汗。呼吸慢慢平复下来，可以观云。浮云聚散复西东，此处容我意从容。从容和缓慢，都是现在生活的福分。现在生活，流行"云"技术，在城市里生活，处处都需仰赖"云"，出门寻路，吃饭寻店，赏花看景，小到这样的细微之处，都需"云计算"的参与。

云起云涌，"云云"众生。人不知不觉当中，已经变成数据。前几日，与一位IT行业的企业家朋友吃饭，他聊到一个观点，说人现在最重要的价值就是成为"数据提供者"，也即是说，你吃喝拉撒，衣食住行，都在创造和提供"数据"。你的价值就是"数据"。每一个人，既是数据的提供者，也是数据的使用者。离开了数据你就寸步难行。想到这些，就觉得还是我在乡下的生活有意思一些，吃饭穿衣，丰俭由人，起卧坐立，与千年前古人无异；菜园摘两根黄瓜吃，山上挖一节竹笋吃，也很有古风古意，跟"云"一点关系都没有。只有在躺椅上放平的时候，看见天上流云，缓慢从容而过，是一件赏心悦目的事。

一曰见山。我观察过窗外的山，坐半天也不见有什么变化。遂想起迟子建在《额尔古纳河右岸》里的那句话："我是雨和雪的老熟人了，我有九十岁了，雨雪看老了我，我也把它们给看老了。"看山也一定是这样的吧。山以前是有名字的，但是自从村里人很少上山以后，就渐渐把山的名字忘了。从前山上很热闹，砍柴的，捕猎的，摘山茶果的，拾野蘑菇的，采小笋的，伐木的，都有。伐木的声音，在山岗上可以传出很远。听那声音，就可以听出树木的老和年轻，听出刀是快还是钝，甚至听出伐木人是年轻人还是老头子。待到有人扛着一棵树走在山路上，一切也就得到了印证。这就是看山的乐趣。我们的"稻之谷"离山很近，就在山脚下，也在山谷中，开门便见山，推窗也能见山。我喜欢这样的直接与简单。我也喜欢听一个人跟另一个人说话："那我们就开门见山吧。"我想，他们一定都是见过山的人。人与山的关系，很简单，你昨天见过的山，跟今天见过的山，一般来说，不会有什么太大的不同。在"稻之谷"的日子，也是这样简单直接的，种田，收获稻米，喝茶，写点文章。六间房，都有了名字，喜欢山和田的朋友可以来住。

陪花再坐一会儿

风：十里有多长

春风和煦，遂想起一个叫芭蕉尾的地方。芭蕉尾，这名字多好啊，诗意，清凉。芭蕉尾是一条长长的山谷，有二十多里地长，一条清清的溪流，溪流边多的是这一丛那一丛的芭蕉。

芭蕉是古典的植物，生长在唐诗宋词中。李清照写："窗前谁种芭蕉树，阴满中庭。阴满中庭，叶叶心心舒卷有余情。"吴文英《唐多令》："何处合成愁？离人心上秋。纵芭蕉，不雨也飕飕。"读这样的句子，就不由让人想在屋后头种几株芭蕉。

芭蕉还生长在丝竹乐中，广东有《雨打芭蕉》，弦上的雨声淅沥活泼。日本有个人，俳句写得好，被人称作"俳圣"，就是松尾芭蕉，他这名字里有芭蕉，也有禅意（在2007年之前，我一直想买他的书，怎么也找不到。后来买到一本《奥州小道》。这几年，松尾芭蕉的书已经很多了）。

在那条叫作芭蕉尾的山谷里，"芭蕉尾""双溪口"这样的小地名，还有二三十个，一个一个罗列下来，就是一首词了。芭蕉尾的人家不多，只有一百来户，零零散散，隐在山谷中。山谷深处，有一面石壁绝立，如武侠小说中所写"绝情谷"，崖上野百合丛生。上次去时，村里当了三十七年会计的老何陪我，说这绝壁中有仙药，如"滴水珠"，是治蛇伤的良草；"金丝葫芦"，小孩发热不适，服之即愈。传言，华佗曾来此采药，所以这石壁所处之地，就被叫作"华佗坞"。

芭蕉的好处，除了身姿和意境美，也实用：芭蕉的根系繁盛发达，一丛芭蕉扎在溪边，就像一个水泥墩。山洪冲下来，推着数百斤重的巨石轰隆隆滚过，可绿绿的芭蕉还在；雨后青山如洗，芭蕉叶绿得很纯净。

芭蕉尾那个地方，山高谷深，又有小气候，山里比山外的气温要低四五度。夏天，城里人进山去，吃野菜、睡竹床，梦里都是雨打芭蕉声。

我上次去芭蕉尾，应该还是在二十年前——时光真是一座深渊呀，红了樱桃，绿了芭蕉，人掉下去，一下子老了。后来我一直没有去过芭蕉尾。有一次，我写下一篇短文《芭蕉尾》，刊发在2007年9月3日《杭州日报》副刊上。谁能想到，又三四年后，我会去那个报馆上班，干的就是副刊编辑的工作。又五六年后，我离开了报馆。芭蕉尾的芭蕉应该还是那样绿的吧。

二禾君，此外我想告诉你的是，在芭蕉尾山谷的外边，有一条江，浩荡且温柔，叫作常山江。关于这条江的故事，我也总是会想起沈从文笔下的边城，想起流经凤凰的那条沱江。

——好美的凤凰啊，我在沱江畔漫步的时候就这么感叹。常山江，也是这么一条江，只是，没有沈从文，没有翠翠。

这么一条江上，从前也是有来来往往的人，放排的，运盐的，贩卖竹炭和做小生意的，当然还有做官的，写诗的，总之是一条忙碌的江。从安徽徽州、江西婺源，到杭州、上海、苏州，这是一条交通要道，形形色色，三教九流，都在这一条水路上往返，晨夕之间，川流不息。于是，唐诗宋词，也在这条路上川流不息。江面上，当然还有打鱼的人。渔家在薄雾之间隐现江上，辛苦操持着生活。以至于现在，我到那一段江岸上去，就会想起那里的鱼馆与江鲜，真是好吃。

那里有风——说了这么久，终于说到风了——古书上写的是"石门佳气"。《常山县志》记："石门山巅有窍，每旦云出，东驰则雨，西行则晴，葱葱郁郁，其间大有佳处。"石门佳气，还是常山的古十景之一。那么，这佳气到底是一股什么气呢，我常常在那里琢磨，是不是一种烟岚，长久地停留在某个村庄的上空。佳气似有似无，远观为宜，其飘飘然上升，把山色的秀美与天空的壮丽连在一起，使人望之也飘飘欲仙。当地人还说，望石门佳气亦可预报天气，如此气飘得又高又远，则是晴天，若是雾气沉沉，久也升不上去，大概率第二天是要下雨——据说十分灵验。

这里说的是"气"，其实也跟"水"有关。不管是风气，还是风水，都得有风有水才行。有时候风是静止的，那股气就聚在那里，悬停甚久，如一只鸟栖在山巅。或有时候，风是流动的，从这座山头流向另一座山头，那股气，便也是流淌起来了,丝滑的样子,或是把佳气扯成长长的线条,一直贯穿在半边天空。

我们说看见风的时候,其实看见的不是风,而是风中的旗帜在呼啦啦地飘扬。我们看见风中的旗帜在呼啦啦飘扬的时候,看见的也不是旗帜,而是自己的心,在风中呼啦啦地飘扬。风,就是这样一种奇妙的事物。

譬如说,就在芭蕉尾不远的常山江上,有一个地方,或者说是一种景致,叫作"十里长风"。这个名字就太好了——风是什么样子?是长的。有多长?十里长。

好地方啊,我以前每到十里长风去,就有一种畅快的感受,想到书上说的,"暮春者,春服既成,冠者五六人,童子六七人,浴乎沂,风乎舞雩,咏而归。"暮春时候,我们回到乡下插秧,把自己也像秧苗一样插在泥土之中。插秧之后,我们在十里长风吃饭饮酒,晚间在一座屋子点亮烛光,众人读诗,诗句长长短短,烛光摇摇曳曳,仿佛有风从遥远的地方来,至少是十里长风,或是百里长风。十里是多长,百里又有多长?

我想起,在那样的缠绵的春夜里,那样的浩荡的春风里,会而饮,咏而归。

花：陪花再坐一会儿

柚花开的时候啊，二禾君，如果有空，你可以来找我。在我的家乡，有两种花是非常美的，其一便是柚花。胡柚是一种好水果，世人知之甚少；胡柚花的香是一种好闻的香，世人知之更少。日本人喜欢樱花，樱花易逝，人在樱花树下坐着，风吹来，瓣瓣樱花随风飘逝，使人觉得一切美好的东西都不容易抓住，心中充满惆怅。时有惆怅，倒真不是什么坏事。把每一件事都当作珍贵的最后一次，就会心生郑重。便是赏樱这样的雅事，一年只有一次，一次只有六七天，都市里的人，这一周错过了，吹一阵风，落一场雨，下个周末便无缘得见美丽花颜，再等就要一年，使人忧伤，徒叹奈何。

我由柚花想到樱花，并没有什么缘由，只觉得柚花开时，人也应当坐在胡柚树下赏一赏它。晚春的时候，我若出差回家，从高速路口出来，打开车窗，便有一阵阵幽香飘进鼻腔，真的太好闻了。每一个春天，都能这样闻见一回柚花的香，也是一件幸福的事情，自应当珍惜。

柚花是招贤青石一片为最多。虽然我们这儿家家都有

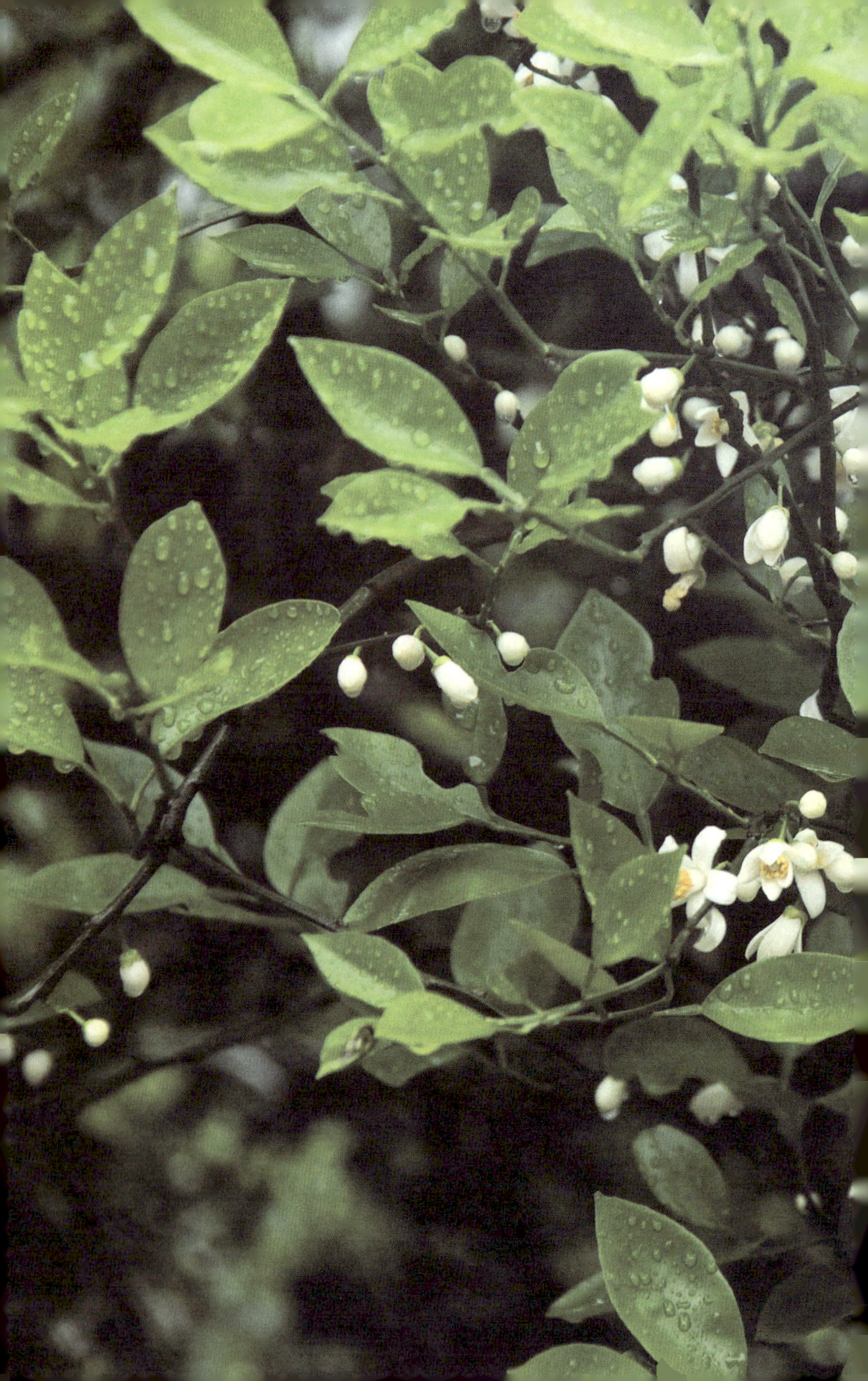

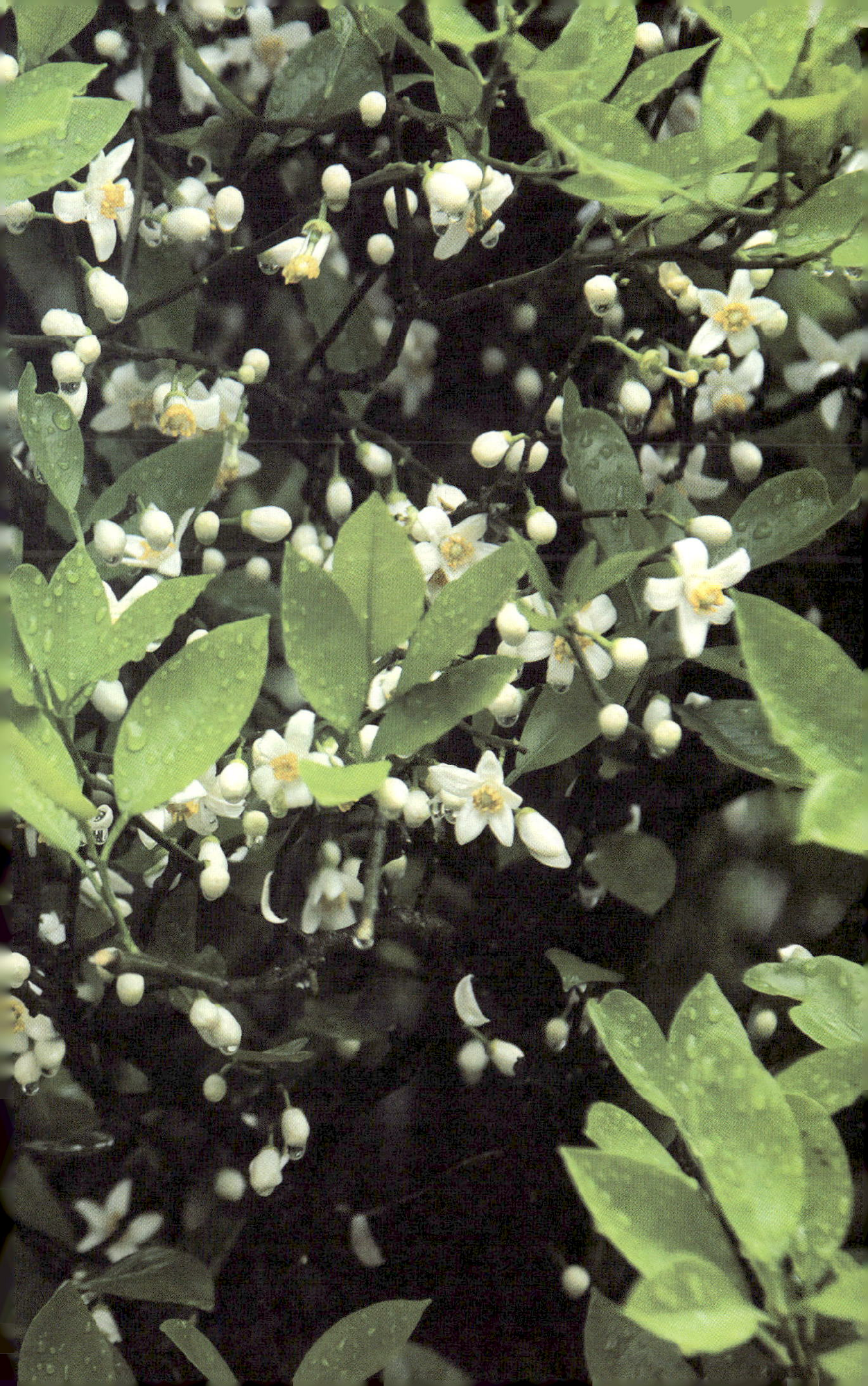

胡柚林，我却觉得招贤青石一片的最多，大概也是一种固执吧。深究起来，其中一个重要原因是，胡柚的"祖宗树"是在青石的澄潭村，现在如果去那里，可以看到常山江的两岸，胡柚林郁郁葱葱。而春天柚花开的时候，便是十里香雪海。

柚花落的时候，厚质的花瓣铺陈一地，也使人心中生起一丝惆怅。柚花的香有一种幽远的力量，花瓣虽落了，空气中犹有花的香。这就使人高兴起来，花落春仍在——花即便落了，胡柚结果便也不会太久。事物相因，一切都值得期待。

"花落春仍在"，原是俞樾的句子。

清道光三十年，俞樾中了进士，发榜十天后要进行殿试，殿试过后是朝考。这一年朝考的题目是，要求考生以"淡烟疏雨落花天"为题写一首诗，并敷衍成文。这个题目，意境虽美，却有一种伤春悲秋的颓废气息。俞樾看到这个题目，写下一句，"花落春仍在，天时尚艳阳。"花落了，春仍在，这里有明朗的一面，充满明媚的气息。几天之后消息出来，俞樾在朝考时中了头名。

后来俞樾才知道，这个头名是曾国藩力荐的。

柚花落的时候，看到白色花瓣铺了一地，不免也会有一点点遗憾，终究会使人想到不久之后，这枝上将有胡柚结果；再过不久，又可以品尝到胡柚的美味。乐观主义者都是这样，世上的事情，本没有什么坏的好的，不过都是过程而已，只要珍惜这个过程，不叫一日枉过，不叫落花流水顾自去，便是好的。

我家乡的花，还有一种是油茶花。油茶花开的时候，树枝上还有未成熟的油茶果。花果同枝，抱子怀春，人皆以为奇观。其实，油茶果的成熟期很长，十月开花，十一月也开花，到了十二月枝上犹有花儿绽放。油茶果要一直到次年的寒露、霜降前后，才可以采摘。这样的山茶树，在高山之上，丛林之中，孕育出饱满的茶籽，茶籽里蕴藏着丰富纯净的茶油。那一滴一滴的油流淌成串，落在苍老的岁月里，滋润着山里人布满皴裂的生活。

有一次我去新昌乡，是在冬天，万物凋零了，我们在冬日的暖阳里跟着村书记爬山，在油茶树间穿行。到了山腰上，有女作家童心大起，从坡上折了一根蕨棒，抽去里头的芯子，用这天然的吸管就着盛开的花朵吸起了花蜜。

这种事情，是乡间少年的独有乐趣。采吸花蜜的本事就像骑自行车，个子小小的乡间少年很有本事，从自行车的三角框里斜穿小腿，把一辆二十八英寸自行车驱驰得飞快。即便在许多年不骑自行车之后，那本事依然根深蒂固地刻在肌肉记忆中——梦里抄起一辆自行车，飞身上马照样骑得滴溜溜飞快。

山路上的油茶花开得真好。这茶花不是那茶花——那茶花美则美矣，怎么都不结果；这茶花默默地开，默默地落，素朴的白色花瓣碾落成泥，唯不同的是，到了秋冬时候，枝头硕果累累。油茶花的跌落，大概也有人觉得怜惜，遂拾取晒干，一小瓶一小瓶地储存好，可以泡水来喝。这是我在别的地方看到的，在我的家乡，尚没有人这样做。

有一年我给远方的友人写信，说完正事，提到一句：柚花开了。

又有一年，我给远方的友人写信——天色已晚，暮色沉沉，他们都走了，我一个人留下，陪花再坐一会儿。

雪：消失了的事物

为什么要说到下雪呢。南方的孩子对雪总是充满美好的向往——说是南方,倒也不那么南,如果是广东或海南,则一般无缘得见,在我家乡的冬天,倒是能偶尔一见雪的容颜。记得小时候,冬天的雪铺得很厚,屋檐下的冰凌也挂了一尺长。当然,这是三十年前的事情了,冰凌现在几乎是见不到了。

前段时间写过一篇文章,《雪天的事情》,提到冯梦祯在他的《快雪堂日记》里记录了很多下雪的天气。譬如在万历二十五年的日记里,冯梦祯记录:

> 十一月二十三,雪霁,甚寒,滴水成冻。次日,雪,晴,寒甚。二十七日,雪尚未消。十二月初四,又是大雪,到夜间方止。十三日,又是雪,又是风。十四日,大雪至午后止,四望俱瑶峰玉树。十六日,雪,晴,寒。十七日,雪,晴。二十一日,阴沉欲雪,下午微飘雪花。

那时候下雪真频繁!而且一下就是十天半个月。冯梦祯把自己的堂名叫作"快雪堂",有人说是他收藏了王羲之的《快雪时晴帖》。其实不然。他孤山的房子上梁的时候,正值积雪初晴,遂取了《快雪时晴帖》的意思,把堂名叫了"快雪堂"。

在这样寒冷的天气里,冯梦祯会怎么玩?这个从南国子监祭酒的职位上退隐西湖的文人,先是以九十金的价格,在孤山买地建房,作为自己生活的一处落脚地。植几株梅花,几棵竹子,几棵桑树。再种一塘荷花,赏三面湖山。此外,他还置办了一艘船,花了三十金。这艘船成了冯梦祯一个浮在湖上的家。他买了四名歌姬,加上原有的歌姬一起,组成了一个家班。这个家班水平不一般,技艺超群,让冯梦祯时常流露得意之色。接下来,冯梦祯的日子就是这样的,他在船上贮书,载着歌姬,春花秋月,悠游西湖。小船划出去,就漂在湖上了,有时一个月不返回。

不出去的时候,他就在家里读书写字,喝酒听戏。万历三十一年,正月初五,下了一夜大雪,清晨瓦上积雪皎然,午后又大雪。初七,仍雪。一直到十三,晴,夜间月色甚佳。船过岳祠,逢三位朋友,上得船来,一起喝茶,至断桥而别。十四日,天气晴和,月甚佳,微杂烟气,携歌姬于湖上,舟中先后接待了好多客人。他自己呢,就宿在舟中。而此时此刻,船外湖上,雪犹不止。

明朝那时候处于小冰河期，数十年间的冬天，都是天寒地冻、奇冷无比，连广东也狂降暴雪。而现在，则是全球变暖的节奏，下雪自然变得稀奇。下几粒雪霰，大家就一惊一乍大呼小叫。

有雪的时候，人也变得生动有趣。张岱会去湖心亭看雪，高濂守着四时的西湖，在冬天想着法子去玩雪。这都是有趣的灵魂，南方的雪，也有一颗有趣的灵魂。没有落雪的冬天总觉得少了许多意思，尤其是在山里，怎么能不落雪呢。一落雪，北京就变成了北平，西安就变成了长安。一落雪，杭州变成了临安，常山就变成了定阳。一落雪，大人就变成了小孩，你也变成了诗人。

我们那里，另外还有一道雪的风景，是"古十景之一"，叫作"球川晾雪"。清代的文人说："幅员数里锦为城，破竹为丝满地明。似月似霜还似雪，一川白得可怜生。"这一种"雪景"，并非真正下雪，河滩上全是晒的造纸的原料，一片雪白，仿佛下雪一般。由此也可知，这个叫作球川的地方，古时造纸工艺特别发达。

我家乡常山的造纸业，在中国造纸史上有着重要的地位。宋元明清，常山、玉山、开化一带都是我国的造纸中心。《雍正常山县志》《光绪常山县志》等也有记载，譬如说到这种纸就赞不绝口，"大小厚薄，名色甚众"，而且"惟球川人善为之，工经七十二到"。

二禾君，但是你现在若是到球川古镇去，遗憾得很，是完全看不到河滩上晾雪的盛景了。那种古法造纸的工艺，已经从时光的隧道里消失。两年前，我到邻县开化去采访，发现那里有人恢复了古法造纸工艺，复刻出年代久远的"开化纸"。于是有人跟我说，其实这个"开化纸"，是一个纸的名称，不唯开化才有，常山人古时造纸也是一模一样。可惜，怎么没有常山人想到这个问题，也去恢复一下古法造纸工艺呢，若是那样，"球川晾雪"便能重现盛况，那也是很壮观的吧。

这种事情，想想简单，做做都无比艰难。有人若是觉得好玩，两手一拍，不管不顾，便也去做了。譬如一场大雪后，张岱会雇人撑船，带上茶壶去湖中赏雪，冯梦祯会把歌姬们带到船上，整日漂泊在那雪湖之上，歌之饮之。有趣的人，或是疯癫的人，才可以做出那不计代价的事情。这样的人，本来就已不多；这样的乐趣，更是极少数人的专享——哪里强求得来的。又譬如说，谁都觉得下雪是一件好玩的事情，但在这样的南方冬天，它一直不下雪，你又能怎么样呢？

——你又虚拟不出一场纷纷扬扬的大雪呀。

月：那般月色谁又说得清

月亮的事情，万寿寺的僧人比较清楚。山那么深，寺那么高，距离月亮总是要近一点，且也静一点，对于了解月亮，有着天然的优势。

二禾君，我要说的万寿寺，它不像灵隐寺、少林寺那般有名，只是默默偏居于浙西一隅，只是平常的泥墙土瓦的建筑几间。既无高大的山门，也无雄伟的宝殿。现在，你若到得万寿寺山门之前，能感受到四面皆是清清寂寂的样子，只有山林里的鸟鸣，偶尔几声人语，为山寺添得几许空灵。

但是你一定会有一种奇妙感受，便是觉得这样的地方，是出高僧的地方。从数据上来说，万寿寺，是浙江省内海拔最高的寺庙，我们这般的凡夫俗子，站在这地方，突然也就成了高人。这样一想，心胸就不由辽阔了许多，有了些许浩然之气。我想，若是隐在这里修行，当也有更多的收获吧。

杭州灵隐寺天下闻名，第一代住持是永明延寿大师。永明延寿大师的师父的师父的师父，也就是大师祖，是桂琛禅师。桂琛禅师的师父，便是常山万寿寺的住持无相禅师，人称"紫衣僧"。这样说来，万寿寺在唐朝末年，真是江南名刹，因它是灵隐寺的"祖宗寺"。无相禅师在当时的江南佛教界，堪称领袖人物，是桂琛禅师的师父，也是贯休禅师的师父。

贯休禅师，兰溪人，我在金华的博物馆里见过贯休的罗汉图，真是状貌古野，绝俗超尘，一见之时，不由心生崇敬。贯休有一首诗《对月作》，其中有两句："今人看此月，古人看此月。如何古人心，难向今人说。"我想，贯休想着的事，也是现在人想着的事，只是那时的今人，到现在也成了古人。我们站在黄冈山上，在万寿寺前，想来想去的事情，也不过是古人的古人，早就想过和经历过了的事情。

山寺自有山寺的妙处。梵音袅袅，禅意悠深。在寺内用斋，或煮一壶茶，听僧人讲古，也是很好的事情。时间是漫长的。漫长到心静下来，一点都没有需要着急的事情了。我是没有机会在万寿寺小住。若是在寺中小住，当可以感受大自然的启发。松风林涛，山泉叮咚，夜鸟啼叫，走兽幽鸣，都是世间好声音。

而这样的时刻，月光如水漫过山林寺庙，天地之间，一片清凉。

这令人想起苏东坡在承天寺的那个夜晚——

"元丰六年十月十二日夜，解衣欲睡，月色入户，欣然起行。念无与为乐者，遂至承天寺寻张怀民。怀民亦未寝，相与步于中庭。庭下如积水空明，水中藻荇交横，盖竹柏影也。何夜无月？何处无竹柏？但少闲人如吾两人者耳。"

万寿寺的月光，沐浴着亘古的山林与岩石，沐浴着万物生灵，当然也照着古人与今人。万寿寺山门前的小路，来来往往，走过不少有名的人，只是现在，脚步声早已消失。等到冬天，大雪封山，大雪将一切足迹也掩盖，山居的僧人从涧中取来泉水煮茶，通红炭火中也可煨芋，这般的日常，有机会时，当可与二禾君一同感受。

那寒凉的夜里，也可以走到山门之外，手捧暖芋，抬头望月。

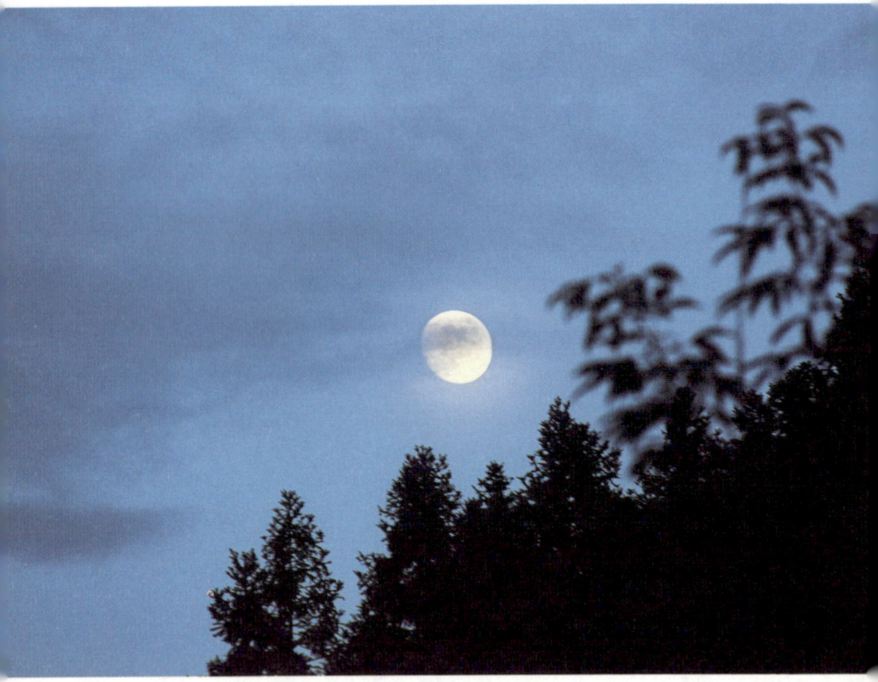

卷二 山色

美景之美,

在其忧伤。

　　——阿麦特·拉西姆(帕慕克《伊斯坦布尔:

　　　　　一座城市的记忆》卷首)

总有一些事物会记住曾发生过的一切

地球上的夜晚

我一次又一次经过它的身边,形同路人。就好像我坐在城市中的咖啡厅,玻璃之外,黄昏的灯火,步履匆匆的人走过半米开外。那是一个下着雨的黄昏,有些冷,天气预报说可能会下雪。我坐在玻璃之内兀自不动。很多时候,二者像刚好调了一个位置,我从它的身旁匆匆走过,而它静止不动——它静止不动已经好多年了。

静止不动的事物,显得特别深沉,有一种洞穿什么的力量。我许多次经过它的身旁,只有两次,鼓着勇气试图走近它。但这样的机会很少。一个人去还是有一点胆怯的,生怕太轻微，很显然，我们不在一个层级上——两个武林中人对决，其中一方功力过于强大，另一方的功力就会被对方吸走——你的勇气，你的小聪明，在它面前都显得苍白无力，所以你也变得沉默不语。它太浩大了。

它叫作"金钉子"。

这是一枚地质学概念上的钉子，这枚钉子由岩石地层构成，记录着地球的生命与历史。我们该怎么去阅读它呢？这太难了，连走近它都是一件困难的事情。它沉默不语，它用亘古不变的沉默不语来应对人类生命的短暂与渺小，或者说，它用亘古不变的沉默不语来叙述自己的故事。至于来到它面前的人是不是能读懂它，那不是它要考虑的事情。

这枚"金钉子"在我的家乡浙江省常山县，一个叫作"黄泥塘"的普通村庄里。村庄边有一条马路，还有一条河，河边有一些田野，田野里盛开着一些花儿。此外我还能告诉你什么呢。有时候我开车经过那里，知道那里有一个叫作"金钉子"的地方（或者事物），但是从不会停下车来，去看一看它。看它不看它，它都静静地在那里，我十年前去看它，或者十年后去看它，它也一点儿不变。

这真叫人无所适从。我们有时候说某个人固执内向、无法沟通、不可理喻，就说这个人"像一块石头"，请想象一下，一群这样的人在一起，那会是什么样的情景。有的人注定是无法沟通的，或者说，无法用常用的语言去沟通。有的人和你注定没有共同的话题，你们聊不到一起去。你和石头怎么能聊到一起呢。能跟一个人吵架都是幸福的事情，说明你们在碰撞，你们的沟通具有某种激烈的属性，碰撞得火花四溢。而沉默就像一个黑洞，它有着强大的吸力，把一切东西都吸到它的深不可测里。你跟黑洞怎么能聊到一起呢，除非你具有太阳一般的光辉与巨大能量，能把光芒照进它的内心深处，去分解，去温暖，去熔化，奋不顾身地投入进去，或许才有可能倾听它的心声，倾听它的故事以及秘密。

有些语言跨越了四亿多年，要翻译出来，谈何容易！何况这个语言还跨越了地理空间（现在的山峰是曾经的汪洋大海），跨越了生物物种（所有的生物都是在地球上存在过但现在都消失了），跨越了认知局限（想象一下昔日这里的喧哗吧，一切都生机勃勃的，而现在它们都变成了石头）。

知道"金钉子"，但是看不懂、听不懂、读不懂"金钉子"——这就是我们面对"金钉子"时的窘迫，就像面对什么呢，无法形容，无法比喻，没有什么比这件事情更困难的了。我们只知道，这个所谓的"金钉子"，记录了四亿多年前地球上发生的事情，比沧海桑田还要辽阔巨大。这世界变化快啊。每一天，每一刻，每一分钟，每一秒，这世界都在发生着很多变化。每一秒钟，这世界约有4.5个婴儿诞生，1.8人死亡，有一对情侣结婚；每一秒钟，人类将会吃掉85吨食物，制造42吨垃圾；每一秒钟，全球平均降雨420吨，闪电击中地面100次；每一秒钟，光在宇宙中跑30万公里，绕地球7圈半，太阳系在银河系内运行220千米；每一秒钟，宇宙膨胀大约15千米，79个星体发生爆炸结束生命。在同样的一秒钟里，我们心跳一次，眨一两次眼睛，呼吸93毫升空气……

而"金钉子"，就在我身边不远的村庄里一条河边的"金钉子"，保存的是这个地球4.73亿到4.58亿年前的记忆。

宇宙是怎么形成的，地球又是怎么来的？地球形成的46亿年到6亿年间，是一个几乎没有生命的岩石世界，那时候这个星球该有多么寂静啊。直到6亿年前，地球上出现了蓝绿藻及古代水母、多节蠕虫，这些来自原始海洋的事物，揭示生命来源于水，而它们现今又隐藏何处？

在那之后，地球上又发生了许许多多的大事件，5.3亿年前寒武纪的生命大爆发，4.46亿年前的第一次生物大灭绝，2.52亿年前二叠纪的生物大灭绝，还有6500万年前恐龙的大灭绝，等等。是的，人类在哪里呢？年轻的人类，要很晚很晚才会出现，直到600多万年前，才有了人类的痕迹。

石头里保存着地球的印记。是的，但是这个话题该怎么聊呢，你一旦跟人聊起一亿年前的事情，天就被聊死了。我们要只争朝夕啊，看着湖面被夕阳染红，太阳一点一点落下去，我们的心里充满无限惆怅。每一天都如此短暂，而美好的事情总是稍纵即逝，你害怕抓不住啊，这一秒与下一秒，今天和明天，都如此飞快。地球上到底有多少个漫长的夜晚，问问天问问地，很多事情都没有明确的答案。但是只要一聊到地球的生命，聊到地球上那些古老的事物，我们就沉默了，沉默得如同一块来自奥陶纪的石头。

四亿年以来的日常生活

要用粗砺的日常生活来填满所有的宏大叙事，否则就会陷入辽阔的空洞里。很久以前我在杭州市体育场路一家书店的阅读区里,喝着一杯烫嘴的咖啡,想起了遥远家乡的"金钉子"。两个月之后,我决定去那里走一走,尽管我知道,那里不会有太大的变化。四亿年过去,它们都留下来了,还怕这短短的几年间发生什么改变吗。

这是正月初三的一个上午,零星的油菜花已经在大地上开放。天气特别暖和,走着走着身上就热起来,不得不脱去外套。我想这与全球气候变暖不无关系。此时此刻,我在中国江南故乡的田野上行走,北冰洋的浮冰也在加速融化,北极熊这种大型食肉动物的数量正不可遏止地减少。我穿过村庄里零星的屋舍,跨过一条河流,抵达"金钉子"所在的区域。那是一片其貌不扬的山坡,如果有意屏蔽少数引导牌,忽略人工设立的石碑,你会发现这片山坡与江南随处可见的山坡没有什么不同。

沿着一条长廊,在河岸边向前行进,裸露的山体和成片的页岩像在讲述着什么(一般人难以读懂它的秘密)。这是一个剖面——用地质科学家的话来说——这个黄泥塘"金钉子"剖面,隐藏着无比丰富的宝藏,它包含笔石化石、牙形刺生物化石、腕足类生物化石、三叶虫生物化石等多种生物化石,具有重大的科学价值。它是由国际地科联组织于1997

年1月确认的"金钉子",也是中国的第一枚"金钉子"。

"金钉子",科学的全名是"全球界线层型剖面和点位"。这个黄泥塘金钉子剖面,在全球也是唯一的,它是由一段灰岩和页岩组成的连续地层,含有丰富的化石序列,很好地显示出约4.73亿到4.58亿年前的地史阶段。

这里有无数的化石,其中有一种关键的化石,叫作"澳洲齿状波曲笔石",它是距今5亿到4.35亿年间的奥陶系的产物。这种笔石在这段地层中首次出现,也被大量研究证明是全球的首次出现。黄泥塘"金钉子"被确定为奥陶系达瑞威尔阶的标准,那么,在这个世界上,如果任何一个地方的地层,要确定为达瑞威尔阶,都须以黄泥塘剖面为对比标准。

现在,我们基本就能明白,这片山坡的意义了。我们可以把它看作是一把"尺子",可以用来"量"别的地方的地层年龄。这把"尺子"上的"刻度",就是古生物化石。黄泥塘的这把"尺子"啊,"刻度"特别多,特别清晰和有代表性。

全球首枚"金钉子",是1972年在捷克建立的。自那以后,世界上先后有20个国家建立了近70枚"金钉子"。中国参与全球年代地层的研究工作，比其他国家早了十多年，1997年，南京地质古生物所的陈旭院士团队率先取得突破，建立了中国的第一枚"金钉子"。此后，中国先后建立了11枚"金钉子"，分别位于浙江常山、浙江长兴（2枚）、湖南花垣、广西来宾、湖北宜昌（2枚）、湖南古丈、广西柳州、浙江江山、贵州剑河。

去阅读黄泥塘的这枚"金钉子"前，我阅读了一本书，张加强先生著《面壁百年——寻找"金钉子"的中国科学家》。知道我对家乡的"金钉子"萌生兴趣，红旗出版社的总编室主任徐艳老师特意给我寄来。我跟许多人说过，我家不远的地方就有一枚"金钉子"，但是它到底代表什么却一言难尽，语焉不详。我去过那里，并且试图阅读那些沉默不语的石头，我也希望从那些石头和山坡上读出一些秘密的故事。令人遗憾的是，我的愿望未能实现，我去过两次，结果都很失望，我们根本读不懂它，或者说那些石头距离今天的我们，以及今天我们的日常生活实在太遥远了。我们之间隔着几亿年的时间，对于我们的现实生活来说，它毫无意义。

有一次我和几位朋友声势浩大地去到那个河滩上。夏天常有人去那里游泳，河道弯弯溪水清浅，真是一个戏水消暑的好去处。秋天里我和朋友们开着车，在河边兴师动众地搞了一次烧烤，我们烤了很多鸡翅、羊肉串，还喝了两箱啤酒，酒足饭饱之后大家仰面躺在沙滩上，高远的天空里飞过几行大雁。那是我们的日常生活里距离"金钉子"最近的时刻。

这次去寻访"金钉子"，我们还带着一群孩子，孩子们对山坡上那些散落一地的碎石块显然不感兴趣，他们更感兴趣的是路边的野花与手中的玩具。跟以往几次一样，我尽量试图从那些裸露的石块中找到蛛丝马迹，以便窥探一丁点儿遥远的奥陶纪的秘密——在我读过了《面壁百年》那本书之后，我当然也希望能发现笔石化石或三叶虫化石。但是对于一个缺乏基本地质学素养、空有一腔热忱的普通市民来说，这的确有点儿强人所难了。跟以往我来过这儿的情形一样，每个人对遥远的奥陶纪都一无所获，去往那里的时空隧道太严密了，我们不得其门而入。

"金钉子"的外围现在加了一圈铁丝网围墙，对这块区域实行地质剖面保护。我看到有一块指示牌，上面写着"管理处"的字样。管理处的房子就在河流的下游一百多米处，那是河道转了一个U型大弯的地方，环境清幽极了，一条狭窄的小路蜿蜒进去，丛林掩映之中，似乎也看不见人影。"金钉子"附近人烟稀少，游客也甚少涉足此地，如果有人偶发思古之幽情前来，则很可能包场独自走过这一趟行程。

返回的途中我们再一次跨越小河，从桥上可以见到溪中有四个人在浣衣。其中三位妇女，一位男子。他们相互隔着很远的距离，彼此没有任何交流，只是俯身在溪水中劳作。有人挥动棒槌捣衣，每一次击打时水花都四溅开来。这是乡野之间常见的图景。这一劳作生活在这百年之中似乎也无太多变化，如果一百年前来到这里，我估计浣衣的场景相差不会太大。

如果再早一些时候，譬如早上几百万年，这里或许会有人类的足迹出现；更早的时候，这里会是一片汪洋大海，周遭的一切都是热热闹闹的——笔石这种海洋群体生物将是这里最为常见的居民，它们大量浮现在海水中，一切看起来欣欣向荣，生机勃勃。世界正在朝着更加丰富多彩的方向演化——毫无疑问，那是它们的日常生活。

封存在石头里的时间

如果有空,我们不妨去读一读这些论文,就像阅读一篇短篇小说——随意地打开一扇小门,仿佛就可以进入奥陶纪的世界——

张元动、陈旭:《奥陶纪笔石动物的多样性演变与环境背景》,《中国科学D辑:地球科学》,2008年;

陈旭:《论笔石的深度分带》,《古生物学报》,1990年;

穆恩之:《正笔石及正笔石式树形笔石的演化、分类和分布》,《中国科学》,1974年;

……

如果还有兴趣,也可以阅读《笔石》这本书。作者穆恩之、李积金,科学出版社1960年1月出版,归属于"古生物小丛书"。

在后面这本书中,作者介绍了有关笔石动物的基本知识,如笔石的研究简史、一般形态、发育过程、生活方式与化石保存环境、区域分布与笔石分带对比、演化趋向，以及笔石的系统分类等重要问题。书中对于笔石分类及重要科属的特征，以及各属、亚属的属型、地理、地史分布等都做了简要阐述，并附有插图百余幅。

穆恩之（1917—1987），江苏丰县人，1943年7月毕业于西南联合大学。地层古生物学家，中国科学院学部委员（院士），中国科学院南京地质古生物研究所研究员。

穆恩之主要研究笔石动物和奥陶纪、志留纪地层，其次研究海百合、海蕾和海胆及泥盆纪、三叠纪、白垩纪地层。

陈旭在20世纪60年代师从穆恩之院士，参与建立和完善了中国奥陶纪、志留纪及早泥盆世笔石带的划分和对比，参与编纂出版《中国的笔石》一书。2003年，陈旭当选为中国科学院院士。常山黄泥塘的这一枚中国最早获得的"金钉子"，就与他的研究密不可分。

在我们一次次面对"金钉子"这样的岩石束手无策时，仍然有一大批地质科学家痴迷于此，他们日复一日地阅读石头，试图通过遗留和封存在石头里的蛛丝马迹，来破译地球数亿年以来的时间密码。

循着"金钉子"指引的这条线路以及《面壁百年》那本

书，我们能发现一大批地质科学家们的名字：丁文江、葛利普、黄汲清、赵金科、盛金章、杨遵仪、金玉轩、陈旭、张克信、殷鸿福、沈树忠、王安德、童金南、曹长群……

这是几代科学家的接力式工作，他们孜孜不倦地研究各种各样的古生物化石，一遍遍梳理、破译、丰富、传承，将辽阔的空白天书，以巨大的耐心与丰硕的成果去填补，使得几亿年来亘古不变、沉默不语的石头，变成一部浩瀚的大书，翻开这部大书，每一页都是精彩纷呈的生命故事。

他们的工作，就这样跨越了时空，跨越了物种，跨越了一般人的认知局限，打开了一扇通往远古时代的大门。他们把光线照进那个遥远的时空里，让逝去的世界重新变得鲜活起来。

他们目光深远，注目那些遥远的事物。他们的精神世界如夜晚的星空一样浩瀚深邃，那里是人类的精神的天空。

现在，当我们重新走近"金钉子"的时候，不会再觉得眼前的山体和岩石只是静止不动、没有生命的事物，只要静下心来聆听，就仿佛可以听见那里隐藏着的，一个远古的、喧哗的古生物世界。再细细品味，还能感受到那里隐藏着一个热爱的、永恒的人类精神世界。

聆听"金钉子",那漫长的亿万年时间,毫无疑问会对人产生强烈的压迫感,令人感知到地球奥秘无穷、人类渺小、生命短暂,但与此同时,我们又会产生一种深深的震撼与启发,那就是——人类如何在有限的生命里,创造出更加久远的价值来。因为,在这个地球上,总有一些事物会记住曾发生过的一切。

纸上的故乡

（故乡不是一个空洞的大词，也不是一本生硬的古书。它是纤细幽深，是盘根错节，是一张又一张叫得出名字的面孔，是一个黎明接着一个黄昏。是山坡，田地，五谷与溪流，是羊群，鸡鸭，争吵，婚嫁，生育甚至死亡。题记。）

读雍正《常山县志》。秋深，叶红，树下读高头讲章，颇有些枯燥，配瓜子一碟，清茶一杯，也就舒服了。由此可见，很多时候起到决定性作用的，往往是配角。

闲有闲的读法。也好。譬如，闲的时候，就挑犄角旮旯的东西读。无关宏旨，鸡零狗碎。其实于乡间日子，鸡零狗碎也就是宏旨了。

方言

　　常山据浙上游，水陆交冲，土瘠赋重，疲敝甲海内。丙申秋，予适承乏。积驰之余，胰纷丝纠，弊丛峰房，村冷爨（爨音cuàn，烧火做饭）烟，野滋丰草，思得邑志一观，庶几暗室之炬，而镂板散失，怅然怀之……

　　（嘉庆《常山县志》序，顺治十七年庚子夏五，邑令王明道题）

君自故乡来，应知故乡事。

然而现在很多人，虽是从乡间出来，乡间的许多事却已是不知了。

我故乡在浙江，祖先是从江西迁入，所以村人口上流传的是江西方言。而今，村中黄毛小儿都习讲普通话，弄得从未正规上过学的老辈人，也得讲普通话才能与孙儿交流。无奈那普通话说得磕磕绊绊，别别扭扭，听来有一种奇怪的感觉。

其实方言并没有什么不好。

方言的流传里，有着多少文化的因子呀。

我现久居城市，没有方言的环境了，但幼时许多方言的词汇，依然会在我写文章的时候冒出来，霎时一愣，觉得那个字是多么传神。

我便有心用文字记录一些故乡的风物。

此次回乡过年，偶然得到一老友借我几册旧时《县志》，欣喜不已。随后两日，我徜徉于旧志书页间，在那些简练至极的文字里，读出许多亲切来。

略感遗憾的是，《县志》还是宏大了些。关于我一村之物，记载仍是不多。

不过，我现在要从这旧时光里，翻拣出一个故乡来。

万历年间，康熙年间，雍正年间，那时修志之人，怕正是要把他的故乡的样子呈给我。恍如对坐，闲说乡人旧事。

从这一个意义来说，官方修的志，还是太端庄了些。

多希望一个发须皆白的老头从旧志的书页间走出来，用乡音与我漫漫闲谈呀。

水稻

稻，分粳、糯，各有红白二色，又各有迟早不同。

麦，有大麦，有小麦，又有荞麦。

菽，即豆，有青豆、黄豆、紫豆、绿豆、赤豆、蚕豆、刀豆、豇豆。

黍，俗名芦粟，有粳、糯二种。

粟，粳者作饭，糯者炊粥。

芝麻，有黑白二色，膏可压油，故俗称油麻。

（雍正《常山县志》之"物产·谷之属"）

风吹稻浪。我站在田间，手握一把镰刀。许多年了，我望望远方，也望望脚下。常山乡间的土产稻种，现在是愈来愈少了。不只是常山，全世界的水稻品种都愈来愈少。上次到中国水稻研究所去，沈博士带我们参观"种质库"（不是种子，是种质），或者叫"基因银行"。那是一个巨大的冰箱，收藏着世界各地的水稻种子资源76000份——全部是常规稻种的资源，杂交水稻不作保存；而且，他们每年还增加收藏几千份。

这令人叹为观止。我们常以为，水稻嘛，不过就是那么几种，籼稻、粳稻、糯稻。其实都不一样。每个地方原先都有不同的水稻，也就是"土水稻"。云南出红米，江西井冈山也有红米，陕西洋县有黑米。这些土水稻有什么好？好就好在，一方水土养一方人，也养一方水稻（或者说，这世上有多少种人，也就有多少种水稻）。这土水稻，无论它繁殖多少代，长出的水稻产量和品质都不会有什么变化。它的缺点，也很明显，就是产量很低，所以农人种着种着，也就不愿意种了。于是，这些土水稻的品种也就在不断地消亡。

我们现在日常能吃到的，大多是杂交稻。杂交稻，由不同水稻品种杂交而来，水稻品质好，产量也高，缺点是只能生长一代。农人若把杂交稻的种子留下来，第二年种下去，将颗粒无收。因为杂交稻的染色体已经变化，不会繁殖了。

《县志》上说，常山的水稻各有红白二色——这是土水稻的样子，我是没有见过红色的了。事实上，常山的"粳稻"并非粳稻，是籼稻。粳米短肥圆，东北米即是。南方的米，修长一些，都是籼米。口感上也不一样，籼米多干爽，粳米粘性强。沈博士这几年，主要研究方向是"长粒粳"，已经突破了重重障碍，各种各样的长粒粳在他的手上诞生。

每年，他仍然会从那个巨大的、浩如烟海的种质库里，按着自己需要的方向，取出十来份水稻资源，进行他的研究。

沈博士说，水稻的故事，便是坐下来几天几夜，也说不完。譬如，有一种海水稻，就是在海滩和盐碱地里也能生长。虽然产量低得可怜，但在科学家眼里，这几株海水稻可就是宝贝。有一次我在海南陵水县，到水稻科学家们的田间去看，各种各样的水稻长得形态各异。怪不得农民会开玩笑："还水稻专家呢，这水稻还不如我种得好！"

话说回来，我老家，现在只有糯米是自家留种的。糯米属于常规品种吧，每年秋天收割之后，父亲就挑最大的穗头，割一大把扎好，挂在墙头晒干。这一把穗子，就是来年的种子了。不知道这些稻谷的种子，代代相传，历经了多少年。江西万年县大源仙人洞，出土了距今约11000年前的水稻；我们现在耕作的水稻，以及碗里的米饭，是不是跟那些先民有关？

有一次在广东，参加一个散文创作研修班。一位社科院的老师说，中国的农民终将消失。这是从经济学的宏观角度来看的。但我以为，只要土地还在，水稻就一定会在——一个只有工厂，没有田野的世界将是多么可怕；只要还有土地，就一定还会有人种田，不管他的户籍本是写着"农业户口"还是"非农"，他依然是一个农民。种田的手段也许会变，也许是开着飞机种田，但那有什么区别呢。一万年以后，我相信故乡的土地上，依然还会有水稻生长。尽管，它们也许无法避免地，会很孤独。

麦子

麦，有大麦，有小麦，又有荞麦。

菽，即豆，有青豆、黄豆、紫豆、绿豆、赤豆、蚕豆、刀豆、豇豆。

（雍正《常山县志》之"物产·谷之属"）

在稻之外，雍正《常山县志》还写到麦、菽、黍、粟、芝麻。

从前说的"五谷"，分别是稻、黍（黄米）、稷（高粱）、麦、菽（大豆）。另一说，则是把"稻"换作"麻"。这五种庄稼到底是什么样子，估计很难有人分得清了，现在的人真正做到了"五谷不分"，是不是也算一种

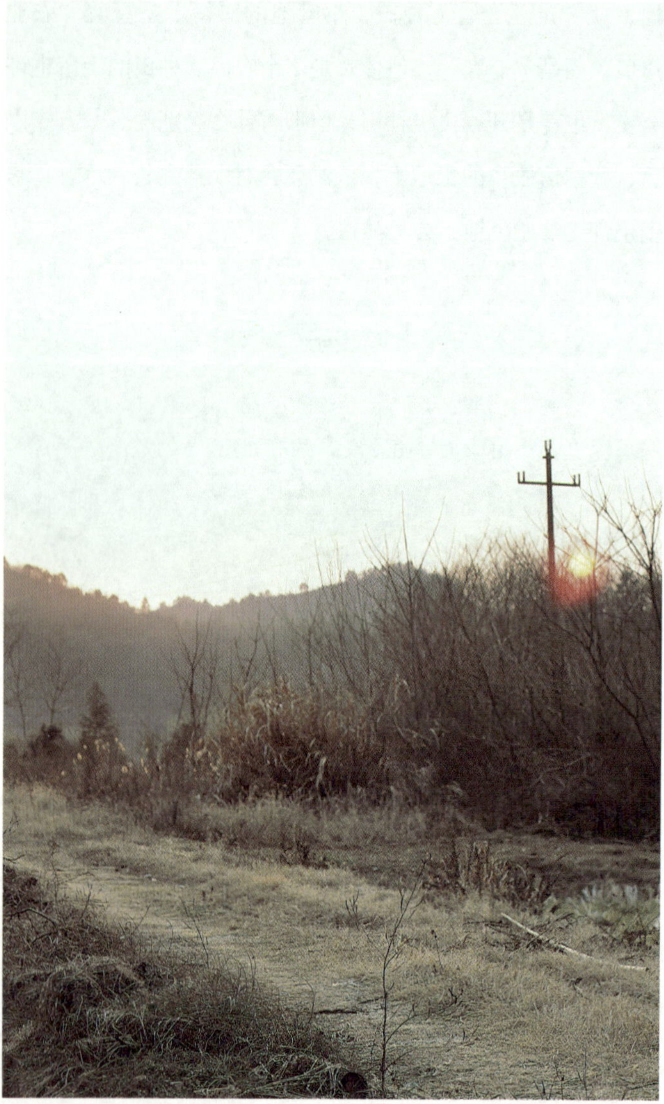

进步？

荞麦，故乡并不多见。荞麦多是用来酿酒。有一年，我骑车越过山丘，见梯田里漫布一片白色碎花。也不认得那是什么。后来拿了照片回去问母亲，母亲说，那是荞麦。这倒让我吃了一惊，原来荞麦的花也是这样低调的美好。

乡人用荞麦配比粮食谷物焐烧酒。荞麦烧比谷烧价钱要贵，因为大家觉得荞麦烧好。好在哪里，我不知道。我吃起来是觉得，荞麦烧要烈一些，谷烧要柔一些。听说番薯烧、玉米烧、高粱烧性子都烈；谷烧即使是56度，我也觉得入口颇柔，大约是从小吃稻谷长大，与此酒比较适应而已。吃惯了谷烧，也就不喜欢吃别的烧酒了。

焐酒是很好玩的：

放进去稻谷，焐出来是酒。

放进去荞麦，焐出来是酒。

放进去番薯和高粱，焐出来是酒。

放进去爱情，焐出来一个孩子。

放进去时间，焐出来苍老的农夫。

不说焐酒了,还是说荞麦。荞麦开花,比水稻开花好看。月明荞麦花如雪。

但是大麦、小麦,与荞麦相距甚远。连远房亲戚都算不上。麦是禾本科,荞麦是蓼科。

晚稻收割后,乡人多种冬小麦。

《县志》上有"农八条",其中有云:

> 农贵乎尽地力。常山与西安接壤,然西安田亩多,于四月栽秧,六月获稻。获稻之后,急种黄粟以乘其隙,谓之偷空。九月收粟,则又及时种麦。其地亩则二月初旬,即于麦陇中种豆,四月刈麦,六月刈菽。菽麦登,则种芝麻、黄粟等物,既收则又种麦,为来岁之计……

这是说,农人要学会弹钢琴。要在有限的光阴里,让土地发挥出最大的效用,不要无谓地荒废,无论是光阴、土地,还是人的力气。

《县志》上的"农八条",几乎包括了精耕细作的所有要求——农贵乎力勤,农贵乎粪多,农贵乎开塘,农贵乎置具，农贵乎通沟，农贵乎尽地力，农贵乎乘天时，农贵乎齐人力。

农业是件大事。富兰克林在所著《四千年农夫》中写道："中国南部一般都种双季稻，在冬季或者早春时节，田里可能还会种植其他谷物、卷心菜、油菜、豌豆、黄豆、韭菜和姜等农作物，不停地轮作以使农田全年食物总产量最大化。"他说："由此人们需要花费大量的精力用于思考、劳作和积肥，这些工作超过了美国人所能接受的极限。"

土地和人一样，需要休养生息。农人有很多好的方法，来让土壤保持肥沃，比如轮作。在晚稻收割前，人们会在田间播种紫云英的种子，在晚稻收割之后，紫云英可以一直生长到下一个插秧时节。紫云英是牲畜的青饲料，也是肥田的好植物。科学家用了30年时间研究发现，紫云英这样的豆科植物，能把空气中的氮转入泥土中。此外，农人几乎是下意识地，会在田埂上种满各种豆类，青豆、黄豆、绿豆、豇豆等。

中国人之所以"农贵乎尽地力"，一年四季排满了劳作的日程，几乎是不得已而为之。在我小时候的记忆里，乡人在六月收获早稻之前，人们常有一个词语用来形容生活的窘境:"青黄不接"。许多人不得不借粮,收获后归还。而在收获之后,这样困窘的状况并未得到多大的好转:绝大部分所得都要用于交"公粮"。上交"公粮"并归还借粮之后,粮仓里已所剩无几。

要有饭吃,农人不得不把所有的力气用于耕种。而即便如此,他们的生活依然无法优渥。

数千年来,农业一直是国家税收的主要来源。到了现代社会,工商业取代农业成为税收的主要来源。农业税赋于2006年取消,农人再不用交"公粮",肩上的压力一下子轻了许多。

美国人富兰克林在一百年前写下这样的句子:

"农民就是一个勤劳的生物学家,他们总是努力根据农时安排自己的时间。东方的农民最会利用时间,每分每秒都不浪费。"

直到今天,我故乡的农人们依然如此——他们不仅仅种水稻,还依据现在已经成为世界"非遗"的二十四节气,种植小麦、油菜、青豆、黄豆、番薯以及其他各种蔬菜瓜果。一年到头,他们精打细算,统筹安排;他们是走在时间前面的人。

而更多的农人，早已离开土地。他们的麦田已经长出了工厂。

纸砚

纸，大小、厚薄、名色不同，其料不产于常山，惟球川人善为之，工经七十二到。

砚，有紫石，有黑石。原《志》云"山已刳尽"，今更百余年，存其名而已。

苎麻，江西、福建人垦山广种。常民多利其税，然刳山取土，培壅麻根，遂致抛弃棺骸，伤残龙脉。惟绩为女工之一，而常民弃不肯为，有害无利，识者忧之。

（雍正《常山县志》之"物产·货之属"）

从四川夹江买了两包手工粗纸。打开，隐隐有竹料腌塘气息。

本来是想用来写毛笔字。写了几天没有长进，就丢下了。有一次给朋友寄书，怕快递莽撞磕坏了书，就找了几张黄纸包了寄去。朋友收到，说有雅气。

其实没有,不过是两张纸。有的,怕还是竹料腌塘之气吧。

以前衢州,这样的竹料腌塘是很多的。腌的竹子,用来造纸。

2004年6月28日,我写的一篇通讯短文刊登在《浙江日报》上,题目是,"衢江终结千年土法造纸"。文章不长,姑且摘录于此:

把青毛竹劈成片,用石灰或烧碱腌在塘里数月,再送进小造纸厂经过粉碎、捣浆、漂白等工序后制成一张张毛边土纸……随着最后一家土法造纸企业的关闭,这一沿袭千年的民间土法造纸工艺,6月中旬终于在衢州退出历史舞台。

衢州市衢江区盛产毛竹,自古有以竹造纸的传统,到去年仍有26家土法造纸企业,年产土纸约2万吨。因工艺原始,这些企业年排放废水数千万吨,全年排放污染物COD(化学需氧量)在3600吨以上,超过国家排放标准4至10倍。

去年以来,该区依法关停了这26家竹造纸企业,

8000多个竹料腌塘被平毁,毛竹制纸转向竹制品深加工,昔日恶臭袭人的腌塘如今种上了蔬菜、绿树,溪流恢复清澈。

那时我做记者第二年。这个职业,有一点好,可以见证一些事物的发生,也可以见证一些事物的消失,而且动不动就是百年、千年。

然而余生也晚。老家常山县,据说在明清时期,造纸术还是颇为兴盛。明人陆容在《菽园杂记》中记述:"衢之常山、开化等县人以造纸为业。其造法采楮皮蒸过,擘去粗质,糁石灰,浸渍三宿,踩之使熟,去灰。又浸水七日,复蒸之。濯去泥沙。曝晒经旬,舂烂,水漂,入胡桃藤等药。以竹丝簾承之。俟其凝结,掀置白上,以火干之。白者以砖板制为案卓状,圬以石灰而厝火其下也。"把造纸的一道道工序,都记述明白。

球川系一古镇,旧时曾有一景,曰"球川晾雪",也就说的是其纸业繁盛时的景象,十里溪滩,皆晾满白纸,望之如雪。这景,后来消失,我也无缘得见。

至于砚石,历史上也有。现在常山县与江山市交界之

张昭摄影

处，有一个地方名"砚瓦山"，据说明清时期曾出西砚，且是贡品。今已不存。旧时瓦当可以拿来当砚。

我在家乡的溪里玩，石头很多，菖蒲也多。我常捡石观赏而忘人之所在。溪石滑腻有之，粗拙有之，拾一块方正的做镇纸，拾一块粗陋的当假山——还没有拾到适合做砚的。

十一月，与诗人志华兄同去安徽歙县，在古街一个小店里买得一方鳝鱼黄砚台。现在这方砚台与家乡的溪石一样，在我的书桌上摆着。偶尔从电脑屏幕上抬起眼来，看见这样的几块石头，一丛菖蒲，心就安静下来。

旧泉

瀲泉，在县西十步。水味独胜，疑泉脉与瀲水通云。

孔家坞泉，在县后山之左。高峰环翠，隐士孔清植果园在焉。山泉盎溢，凳为石池，至今犹沾溉百家云。

詹家坑泉，在县前百步外。发源于白龙洞。山石壁峻耸，草木悬崖，坑边有第一泉、第二泉、第三泉，俱从石中沁出。后园詹西来因先世安乐窝，构金川书屋，贮图籍其中。诗载《艺文志》。

鲁家坞泉，在县后山之右。深源僻坞，内有洞水，甘冽殊常。

白露泉，在县北门外里许。康熙五十八年，岁大旱，僧天然感梦，从白露冈下探得泉源，遂名白露泉。剖竹接入奉恩寺中，甘冽出众泉上。知县孔毓玑有记，载《艺文志》。

严谷泉，龙山石壁嵌空，处处有泉沁溢。其清冽似白露，而泉味差薄。

（雍正《常山县志》之"水利·泉"）

很欣喜在《县志》中读到这一节关于泉的文字。有一次，我与家人一起驱车几十公里至邻县开化，到龙潭公园上坝的智慧泉接取天然山泉水，运回泡茶。友人饮之，也赞不绝口。想到杭州有虎跑泉，济南有趵突泉，许多市民每天去泉边取水，成为城市一景。譬如杭州，虎跑公园早上六点多，半山腰的取水口就有四五十人排队，在一块岩石下面接水。除了虎跑这个最传统的接水点，杭州还有中天竺、梅家坞、黄龙洞、水乐洞等地，既有好景，兼有好泉。譬如济南,也有很多取水点,有些是市民长时间习惯、自发形成,如琵琶泉、迎仙泉等;也有的是园林部门为满足市民需求而专门设置的,如趵突泉景区杜康泉的取水点、黑虎泉取水点、五龙潭公园玉泉取水点等——总之,许多人早起,去取两桶水回家泡茶、熬粥,几乎是一种生活习惯与城市风物。

陆羽《茶经》上说,"其水,用山水上,江水中,井水下",又说,"其山水,拣乳泉、石池漫流者上,其瀑涌湍漱,勿食之。久食令人有颈疾……其江水取去人远者,井取汲多者。"陆羽的意思是,用山泉水泡茶是最好的,其次为江水和井水。

对热爱饮茶之人,水是很讲究的,水质好坏能影响茶汤滋味。古人钟爱山泉,因山泉多出于岩石重叠的山峦,山上植被繁茂,山岩断层细流汇出而成山泉,水质清澈甘甜。北宋皇帝赵佶不仅是艺术家,还是茶艺鉴赏家,他撰写了《大观茶论》,可谓宋代茶文化的重要著作。《茶论》中说到水的取舍:"水以清轻甘洁为美。轻甘乃水之自然,独为难得。古人品水,虽曰中泠惠山为上,然人相去之远近,似不常得。但当取山泉之清洁者。其次,则井水之常汲者为可用……"

这说明，有山泉水可取用，乃是爱茶人之福。

常山县城，怎么可以没有这样的一眼泉水，供爱茶人取用烹茗呢？也不知道城里爱茶之人，是去何处取水的。想来好在现今物流业发达，网上径可购买桶装水用之。然而对于爱茶之人，若是自己从山上接水运回加以品饮，除了取水搬挪运动筋骨之外，又能增添自己动手的许多乐趣，茶益香，汤益美，一举两得，岂能废之。

《县志》上的这一节"泉论"，文字大美，所记之瀫泉、孔家坞泉、詹家坑泉、鲁家坞泉、白露泉、严谷泉，都在县城各处不远之地，徒步可至。读这些文字，仿佛可以感受到当时常山县城生态环境之美好，想那时小城遍地甘泉，若是称作"泉城"，似亦无不可。尤其是县令孔毓玑所写《白露泉记》一文，记北郊奉恩寺中白露泉事，读来令人欣喜不已。

前不久，县社科联曾举办茶文化圆桌派活动，数位专家学者、茶文化爱好者汇聚一堂，从常山茶叶的种植历史，聊到茶道、茶艺，我因他事未能赴会。现在读到《县志》中的这一节，倘有爱茶人愿意推动，当可寻访城中诸泉旧迹，若旧泉还在，则疏浚清理，复其生机，亦可剖竹引泉，烹泉煎茶，不啻为小城一件雅事也。我则由此想到白居易的一首诗：

坐酌泠泠水，看煎瑟瑟尘。

无由持一碗，寄与爱茶人。

慕仙

慕仙亭，在县东南一里。万历初，邑人徐深为伊祖谦受家佣浮空立。

（雍正《常山县志》之"亭台"）

浮空，不知何许人。洪武庚子，来佣里择徐益家。问姓名里居，不答，因以浮空呼之。尝为益董获，酣睡寝室，顾一日十余处俱有一浮空在焉。馈食上源姻族，计往返百余里，不数刻辄至。忽谓益曰："君家有大难，请往营之。"益莫知所谓。乃徐氏有富户在京师得罪，将门诛。及行刑，会失富户名，遂得脱。盖浮空纂取私去其籍云。一日醉酒，朗吟曰："人间功行满，天上梦魂高。"乃坐化。徐氏具棺殓，葬东明山。是夕，大雨雷电，以风启棺。尸蜕，遗一屦迹，深入石中。益孙深为作慕仙石亭以记其事。

（雍正《常山县志》之"仙释"）

真是一个好故事，颇有《聊斋志异》的趣味，或《阅微草堂笔记》的感觉。《县志》"文部"说："文章贵乎有用，是故风云月露多属可删。今其存者，大抵皆有关兴除之故，及人心、学术、民情、风物之宜，期于此邦多所裨益云尔。"的确如此，怪力乱神之类，一般不会收在这样的地方志书里，大抵还是以"有用"为标准。然而什么又是"有用"呢？除了人心、学术、民情、风物之宜，地方的故事传说，还真是宝贵的文化遗产。

想到衢州有"三怪"，这也是蒲松龄记录在他的《聊斋志异》里的，也是衢州老少皆知的传说。"衢州夜静时，人莫敢独行。钟楼上有鬼，头上一角，象貌狞恶，闻人行声即下。人驰而奔，鬼亦遂去。然见之辄病，且多死者。又城中一塘，夜出白布一匹，如匹练横地。过者拾之，即卷入水。又有鸭鬼，夜既静，塘边并寂无一物，若闻鸭声，人即病。"说是衢州城里有三个妖怪，独角怪、白布怪、鸭怪，一个躲在钟楼上，人深夜见了，就把人吓坏了；一个是藏在县学塘，观音娘娘的白腰带变的，人若去捡拾，就会落水而亡；另一个是蛟池塘的鸭怪，夜深人静时也会出来害人。这几个怪物的传说流播甚广，人们也津津乐道，若有外地客人乍到衢州，本地人也会作为风物或地方文化之一，热心向客人普及，甚为有趣。

　　常山本地的民间故事与传说，应该也有不少，在我小时候就听说过。但是随着年龄的增长，这些故事渐渐被遗忘了。我想还能记起那些美妙或神奇的故事的人一定越来越少了。杭州有一本书《西湖民间故事》，出版社的一位朋友跟我聊起过这本神奇的书，它畅销四十多年，一共卖了几百万册。不管对于新杭州人，还是对于杭州这座城市里刚刚成长起来的青少年，它都是一本必读书。如果你想了解杭州这座城市，就去读它吧。你在断桥与西泠桥走一走，在雷峰塔边停一停，你会想起许仙和白娘子，想起可恶的法海，想起美丽可人的苏小小，这就是城市不可分割的一部分，是传统文化；你吃着一块东坡肉，嚼着一根葱包桧，就会想起苏东坡、苏堤，想起奸臣秦桧，并把葱包桧嚼得吱吱响，这也是传统文化。如果没有这些，杭州这座城市将会黯然失色。

慕仙亭还能找得到吗？如果一座城市的传说与故事不可避免地会在时光里遗失的话，应该有人去做这件事，至少，仙是可以慕的，至少，在慕仙的时候，也会觉得这一个地方太好了，有仙气。

半透明的葛

　　菜，有白菜、青菜、芹菜、油菜、甜菜、冬菜、冻芥菜、苋菜。

　　莱菔，一名萝卜，小而赤者曰湖萝卜。

　　芋。薯。葱。蒜。韭。薤。芹。芫荽。莴苣。瓜。瓠（有大腹细颈者，老刳去其瓤为瓢）。笋。姜。茄。蕨（根可作粉，贫民采以备荒）。

　　（雍正《常山县志》之"物产·蔬之属"）

　　我走到菜场去看，摊上花色琳琅满目，不唯当季的蔬果，即便是反季节的蔬果，或是原产自热带的蔬果，现在也不罕见了。到底，农业技术在进步，物流条件更是今非昔比，蔬菜的品种，自然也比过去丰富多了。

却只是想到了葛——菜摊上并没有。葛是好东西。小时候上街，见有山里人蹲在街边卖葛，一根粗如手臂的长葛，已然煮熟，有人来买，就引刀横断，割下几片来。这是最朴素的卖葛之法——既不称重，也不议价，古风犹存。人家买了葛，就一小块撕下来，放进口中大嚼。这葛块甜津津，粉糯糯，嚼了一会儿，口中只余一些丝络渣渣。

我记得当年在县医院上班，偶尔也有同事带几片葛来，分馈众人，一人一片嚼而食之。

葛藤在山野极多，有的地方是漫山遍野地攀爬，然而葛的生长又极慢，要许多年之后，那地下的葛根才长得粗壮结实，味道也尤甘美。挖葛是件非常辛苦的事。

有的山里人家，挖出粗壮的葛根来，敲打碾碎，磨出粉来，水洗，沉淀，晒干，制出葛粉。这葛粉与番薯粉、藕粉相似，比番薯粉、藕粉都佳。西湖藕粉是好东西，天下闻名。20世纪20年代，影后胡蝶在拍《秋扇怨》时跟男主角林雪怀热恋，曾邀请郑正秋、秦瘦鸥等人游西湖。据秦瘦鸥讲，那天走到平湖秋月，他跟林雪怀发生一点小争执，二人铁青着脸互不说话，气氛尴尬极了。后来，是胡蝶出面解围，请大家吃藕粉。

"亏得平湖秋月的藕粉真不错,每人喝了一碗,不觉怒意全消,依旧说笑起来。"

好一碗西湖藕粉。

后来,胡蝶与林雪怀在上海闹离婚,秦瘦欧听说了,忽生奇想:

"想到平湖秋月去买二盒藕粉来,各送他们一盒,使他们喝了,也能立即平下气来,言归于好;但我不该偷懒,始终没有去,于是就不曾调解成功。"

葛粉有这样曲折婉转的故事吗?也有的。白居易在杭州任刺史,有一天,他邀请灵隐寺的韬光禅师进城赴宴,为此特意写了一首诗:

白屋炊香饭,荤膻不入家。

滤泉澄葛粉,洗手摘藤花。

青菜除黄叶,红姜带紫芽。

命师相伴食,斋罢一瓯茶。

葛粉、藤花、青菜、红姜,都是又简单又美好的事物。白居易用心可谓良苦,然而韬光禅师这样的高僧,岂能为一顿斋饭动心，他便也写了一首诗婉拒。

冯唐曾说，世间美好的事物都是半透明的。这话想来，还是很有意思的。

到朋友的民宿云湖仙境吃晚饭，饮的酒是自酿的葛根酒。这酒好，不觉就多饮了一两。朋友这几年从城市回到乡野，在山上引种了许多葛，夏天到来的时候，葛藤已然爬满山坡。朋友在山坡上搭了一个小小的篷屋，春夏秋冬，他都独自住在那里。

葛根们在土地里延伸生长，我想，它们也都是半透明的吧。

消失的花红

梅。杏。桃。李。柰。莲子。梨。枇杷。橘。橙。柚。石榴。枣。栗（小者为榛，俗名茅栗）。菱（四角）。芡（俗名鸡豆）。林檎（一名花红）。柿。榧。荸荠。

（雍正《常山县志》之"物产·果之属"）

我对林檎很感兴趣。

林檎也叫花红。我小时候吃过花红。苹果的品种很多,我到水果店里看到苹果的品名各种各样,我都记不住。有一次翻古罗马的瓦罗著作《论农业》,其中"储藏苹果"一节写道:"苹果中可供储藏的品种有小楒桲、大楒桲、斯坎提亚苹果、斯考迪亚苹果、'小苹果'和那一般叫'甜酒'如今通称'蜜苹果'的一些品种……"

读《县志》,看到原先也是种花红的,但是现在没有了。现在很多地方小品种都没有了,比如桃,本地品种的桃,有苋菜桃、毛桃、黑桃,现在这些都见不到了。李子也是,原来有一种本地品种的黄李子,也见不到了。

关于记忆里的那些蔬果,我曾写过一篇文章,收在散文集《草木滋味》里。这里姑且摘录一点:"我记忆中,乡下自家菜园子里的黄瓜,从架子上摘一根,胡乱地撸两把,把瓜刺儿弄干净了,就可以入口。一咬,嘎嘣脆!汁水丰富。滋味,是被阳光浓缩了的黄瓜的味道——真的是黄瓜,不像现在,黄瓜,都是青的瓜。"

是这样的。想想看,小时候的橘子,每一瓣都有浓重的橘子味。小时候的西瓜,那么多籽!可是没有天理,就是甜。水汪汪的呀，从田头抱回家，刚搁到桌子上呢，嘣！它自动就裂开了，西瓜的清香，在里头满了，绷不住，就飘了出来。现在，现在的西瓜，你用拳头砸砸看。

是不是记忆里的事物，只是因为时光的阻隔，而给它加上了修饰的滤镜，变得一厢情愿地"美好"了呢？

也不是的。比如说番茄，我记得小时候的番茄，成熟之后果浆饱满，柔软生脆，轻轻一咬就果汁迸裂，有着红色的壮丽与绚烂。可是我们现在从菜市场里买到的番茄，真是硬。有一次，我与农科院的科学家朋友聊天，说到这个事，他一语道破其中奥秘：一个原因是，菜市场里的瓜果，都是成熟尚早时采摘的，运输过程中才慢慢成熟；另一个原因，是品种改良，使果皮变厚，这也为了适应远距离运输的需要，不至于在路途上腐坏；还有一个原因，很多瓜果都是在温室大棚中生长出来，缺少阳光猛烈的照射，也缺少风雨温柔的抚慰，又能好吃到哪里去呢？

总之，现在的瓜果，都是为了跟得上这个时代的发展，才不得不跟着做了许多的改良。

当我翻开清代的《县志》时，看见梅、杏、桃、李、枇杷、石榴，下意识以为就是我们今天吃到的滋味，事实上，果已经不是那个果了,味道也不是那个味道了。

在漫长的时光里,一切都在悄悄地发生变化。

——这且不说它了吧。木心说,一个人到世界上来,来做什么?爱最可爱的、最好听的、最好看的、最好吃的。最好吃的水果是什么样的?我以为,就要到我们的乡下来,守着一棵或几棵果树,而且是那老品种的果树,静静地等候着成熟。千万不要在没有成熟时采摘。要有耐心,直到果实在枝头散发芬芳,直到鸟儿和昆虫都已闻到香味变得迫不及待,直到那些果实已抵达它自己的巅峰时刻——此时,请你摘取和品尝它。

此时,你才可以知道,那些瓜果的新鲜、清脆、丰富、浓烈、香醇、圆润、淋漓,都是什么样的;你也才能够领略,黄瓜之所以为黄瓜,花红之所以为花红,杨梅之所以为杨梅,毛桃之所以为毛桃——那些最原初、最本真的味道,就这样,在舌尖上缓缓爆裂开来。

树荫的温柔

朋友小文开了一间茶馆,叫"树下茶馆",邀我去坐坐。他说,他在茶馆内专门留了书的空间,还有活动沙龙的空间,要是朋友们来了,喝茶,读书,都是美事。

我与小文只见过一面,是在郑州松社书店。小文是媒体人,先后从事过影视编剧、杂志记者、网络编辑、财经记者等职,后来转型成为新媒体人,做一档名为《青听》的人文财经对话节目。那时我的新书《下田:写给城市的稻米书》刚出版,受松社书店之邀,我去分享种田故事。作为主持人与我对话的,正是小文。小文主持风格稳健,话题收放自如,那一场对话既生动又深入,与听众互动也很热烈,丝毫不会冷场。我心想,像这样的分享活动,有一个好的对话者、专业的主持人,是多荣幸的事。

小文是个停不下来的人。后来我在朋友圈里关注他,看他创办了一档叫《咕嘟夜食》的美食视频节目,每期推出好吃的;再过不久,又看他开了一间茶馆。我想,对于这座城市的人间烟火,小文是真的热爱,也是真的了解。树下茶馆空间,原先是一座油脂化学厂,属于郑州工业遗存的老厂房;厂房外面,有一排高大的梧桐树,浓荫蔽日,夏天特别凉快。在那里喝茶读书,应该很有味道吧。

有很多大树——怪不得茶馆要叫"树下"呢。

树下,让人想起过去的事情。树下的生活,有缓慢的味道。那些高大的梧桐树,曾听取过机器轰隆隆的声音,现在机器的声音远逝了,另外的一些年轻人前来怀旧闲坐,打卡拍照。老厂房和大树,都是时间的连接器。要是老厂房拆了,大树砍了,那个地方还会有原先的记忆吗?

有时我会出门,去村庄各处行走,看花看树。五联村古树不多,当然有时我也很怀疑自己的判断,到底哪些树才是古树呢,是不是可以让人一眼看出来。也许有的古树深藏不露,植株矮小,小到需要人们弯腰俯身才能注意到它。我们对于一棵树的了解并不像我们以为的那样透彻，事实上我们可能完全不会懂得它。对于一棵树来说，它知道怎样在这个世间更好地生存，它们顺应时节的变化，感受气候的变迁，用缓慢的方式沉着应对，不急不躁地开花结果、发芽落叶，年复一年地生长。它们的根系发达，藏在地底下的部分远比我们肉眼能看到的地上部分更加强大。它们的气场也比我们所能见到的更为悠远，影响着世界的一小部分——开花的时候，它把花粉和香气播撒在空气中；落叶的时候，它让树叶纷纷扬扬，送给远方；有很多鸟儿把巢筑在它的身上，后来鸟儿也成为了树的一部分，鸟儿飞去飞回，鸟儿能飞多远，树就能走多远，鸟儿看到的世界，也是树能看到的世界。

树有更大的智慧，人却不知道。也许一棵古树会把自己深深隐藏起来。起先村庄里还有三两个老人知道关于树的秘密。据说是在某片朝北的山谷里，那棵树是小的，枝叶纤细，一年到头从来不开花。不，也不是不开花。花是悄悄开的，没有颜色，没有香味，天一亮花就谢了。树也长得缓慢，它隐藏在那些杉树、红花檵木、毛栗树的枝叶底下，几十年没有长高。只有两三个老人知道那棵树的桩是老的。老桩足够老，老到了几百年上千年。后来这几位老人也老了，

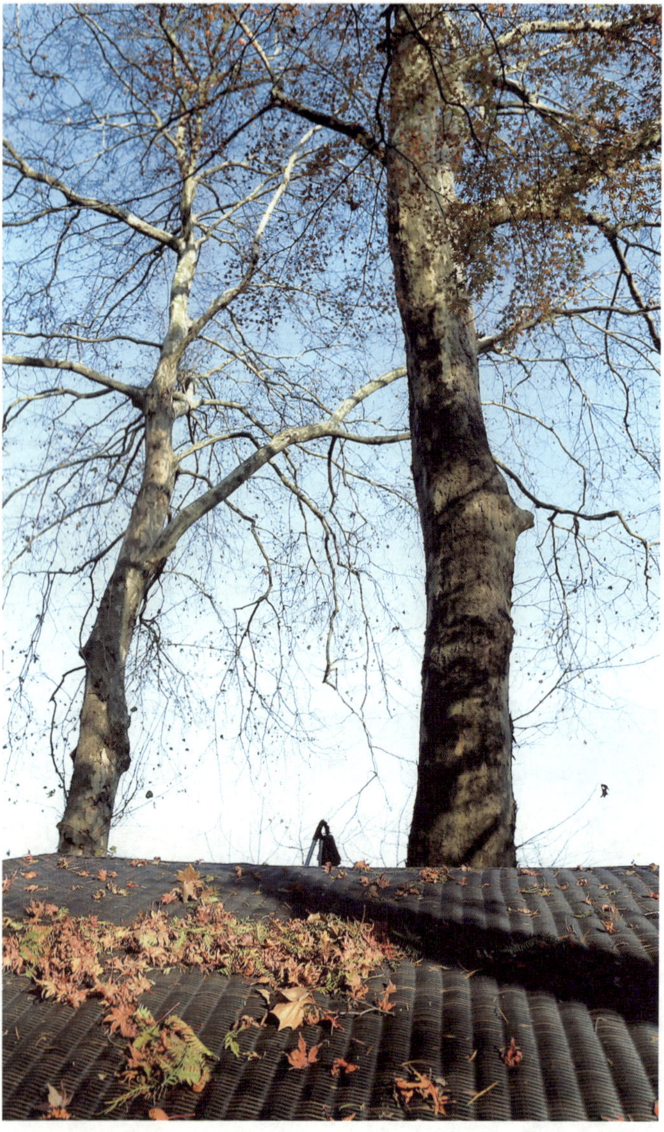

老人知道的秘密被他们自己忘掉了。不过，这对树来说也没什么要紧的。它唯一需要做的就是等待，直到最后一个人也把它忘掉。

在杭州，我曾寻访过很多大树，在古老的街巷里，在景区，在湖边。我去杭州的法相巷里，寻觅过一棵古老的唐樟。西湖边，走三台山路，到六通宾馆前转入一条窄窄的法相巷，一直走，可以通到南高峰，唐樟就长在南高峰山脚下。

那里原先有一座法相寺。法相寺现在没有了，树还在，所以这棵树也被居民叫作"法相唐樟"。算起来，大树有一千多岁了，唐朝时就已种下。一棵唐樟，长长久久地生长在西湖边，直到现在还常有人专程去拜访它。拜访一棵树，应该是很有意思的。想想看啊，我们现在见不到法相寺了，但是这棵树见过；我们见不到很多的古人了，但是这棵树也许也见过。譬如说法相寺，始建于吴越，那时也叫长耳寺。据说这个寺庙里，有一位住持生有异相，耳朵特别长，长到九寸，上过头顶，下可垂肩，人称"长耳和尚"。长耳和尚原在天台国清寺，某年游历到了杭州，被吴越王敬为上宾，就留在了法相寺。这棵树与长耳和尚，一定是彼此熟悉的。几十年后，长耳和尚无疾而终。因为有这位大德高僧，小寺的香火一直很旺。张岱就在他的《西湖梦寻》一书中，记下过这位和尚的故事。

唐樟的边上，有一座亭子——"樟亭"。现在我们见到的亭子，是2003年复建的。但是最初在1918年，是晚清著名诗人、国学大师陈寅恪的父亲陈三立，拉了十个好朋友，一起为这棵唐樟募捐建起的亭子。陈三立还专门为此写了一篇《樟亭记》。

一棵古老的唐樟，那么多的高人都来拜访它，那么，它自然也是一个高人。

有一天，我在杭州博物馆里开会，出得门来，才知道天都黑了。之前还下着雨，这会儿已然雨歇，天色幽蓝。我看了一眼吴山，想了一下，遂转身朝着曲折的石阶小径，向山上攀登去。吴山上真是古树参天，华盖亭亭。靠近城隍阁的山崖下，有一棵香樟，树根虬结，盘根错节，趴在山坡上，整树枝繁叶茂，遮天蔽日。举头望之，顿时觉得天地之间有一道雄浑苍凉的力量。一旁的工作人员，正跟人介绍说，这棵树有八百岁啦。

吴山上,这样七八百岁的古树还有好些。整座山大树郁郁葱葱,气象森然。在"有美堂记"碑附近,有一棵宋樟,树干粗大,要三四人方能合抱。"有美堂",何美有之?说的是宋仁宗嘉祐二年(1057年),梅挚任杭州太守,仁宗《赐梅挚知杭州》诗中写:"地有吴山美,东南第一州。"梅挚感激天子赐诗,在吴山建了"有美堂",并请了欧阳修来写了一篇《有美堂记》。

文中有一段话:

> 夫举天下之至美与其乐,有不得兼焉者多矣。故穷山水登临之美者,必之乎宽闲之野、寂寞之乡而后得焉。览人物之盛丽,跨都邑之雄富者,必据乎四达之冲、舟车之会而后足焉。盖彼放心于物外,而此娱意于繁华,二者各有适焉。然其为乐,不得而兼也。

有美堂独处吴山之高处,可得山水之美,也得繁华之盛,真乃快事。

有美堂现在没有了,欧阳修也不在了,唯《有美堂记》留了下来。吴山上的宋樟不言不语,悄悄见证这一切。

杭州的古树很多。我翻了一个数据，年龄在百年以上的古树有1026棵，300年以上的古树有232棵。其中五云山顶有一棵银杏树，树龄高达1420年；灵隐飞来峰石窟边的树藤，树龄800年；云栖竹径千年以上的枫香，有两棵，其中一棵主干高达38米，树围3人才能合抱。

有树，就是有福。

我喜欢的城市日本京都，也有很多大树和古树。在京都的街巷里行走，常见人家院子里有一两棵造型优美的针叶树，如黑松、罗汉松之类的。内行的朋友说，这些树价值不菲，一棵树说不定就要几十万、上百万元人民币。普普通通的人家，也不见停着什么豪华的车，房子也不是特别奢侈的别墅，却舍得花那么多钱，花几十年、上百年时间，来养护一棵树，可见当地人是有多么热爱大树。

京都的寺庙里更是古木参天，一入此地，脚步也不由放得轻缓。清水寺、银阁寺，到处都有古老的大树，气氛森森。譬如著名门迹寺院青莲院，有很古老的楠树。枝叶相拥，郁郁葱葱。据说青莲院古楠树的树龄，都在800年以上，传说是亲鸾圣人亲手所栽，最高的约有26米。那里的5棵古楠树，被认定为京都市"天然纪念物"。

川端康成的小说《古都》，写的就是京都——他在小说里写道："作为大城市，得数它的绿叶最美。修学院离宫、御所的松林、古寺那宽广庭园里的树木自不消说，在市内木屋町和高濑川畔、五条和护城河边的垂柳，都吸引着游客。是真正的垂柳。翠绿的枝丫几乎垂到地面，婀娜轻盈。还有那北山的赤松，绵亘不绝，细柔柔地形成一个圆形，也给人以同样的美的享受……"

同样，青莲院门口的那棵巨大的楠木，川端康成也把它写进了小说——秋日，太吉郎邀请妻子和女儿去散步，千重子带着父亲绕道去看看青莲院的樟树，三人无言站在树前眺望着，它的枝干以诡异的角度弯曲伸展着，又互相缠绕，散发出一种令人畏惧的力量。

画家东山魁夷也爱京都，川端康成邀请他到京都，画一画这座古老的城市："如果现在不画的话，京都可就没有了。"那是1960年，川端来到京都，创作《古都》，他眼看着京都的高楼洋房越来越多，暗自叹息，遂邀请远在北欧旅行的东山魁夷回来画京都。

后来，东山魁夷到京都住了六年，画了很多画，集结成《京洛四季》出版。川端康成为之作序，他在文中提到东山魁夷所画的《经年的树》,正是青莲院门前的那一棵古树,还特地跑去看了看。川端康成说,古树的生命力,那盘根错节的根系,正是古都的厚重感,也是京都人的心性。"被称为千年古都的京都,在优雅与温柔背后,藏着更为强韧的东西。"

一座拥有很多大树的城市,是有静气有历史的城市;一座拥有很多大树的村庄,是有文脉有传统的村庄。前不久,我和朋友一起去松阳看古村落,两三天里走了不少村庄,那些古朴娴静的村庄日常,给我们留下深刻印象。

有一天近午时分,我们来到三都乡杨家堂村。眼前的古村落山峦环抱,黄色夯土墙层层叠叠,整个村庄错落起伏。正在村中行走,一场雨突如其来,雨点噼里啪啦地打下来。历经沧桑的黛黑色鱼鳞瓦,被岁月打磨光滑的鹅卵石步道,顿时飞珠溅玉,平添生气。即将盛放的古老樟树雨落纷纷,杨家堂的这个春日,有了一层烟雨迷蒙之美。

大雨之中,我们顺势钻进一座凉亭避雨。远处青山,近处飞雨,好一幅春日喜雨图。

凉亭就在一棵古老的大樟树下。这个村庄里有很多古树。老支书告诉我们，杨家堂村并不是村民都姓"杨"才得名，杨家堂村99户300多口人，都以宋姓为主。对于村庄的名字，松阳《县志》中记载，当初村中因有三棵交叉的樟树，所以叫作"樟交堂"，后来才改名为杨家堂。

村口两棵古樟参天屹立，相互拥抱在一起，其造型优美，长势欣盛。这两棵古樟，被人叫作"夫妻树"，已经成了网红。很多游客也专程来此，在古树前拍照打卡。当地朋友说，在松阳，像杨家堂这样的传统村落有70多个，每一个村庄都独具特色，每一个村庄都有很多古老的大树。松阳正在筹建"国家传统村落公园"——可以说，松阳的每一个村落，都是被老树簇拥的村庄。

我们坐在凉亭下喝茶。喝的是村民自制的绿茶。杨家堂这样一个小山村，被外界誉为"金色布达拉宫"，声名远扬。雨歇之后，村庄古朴又清新，黄土泥墙旁时不时冒出几丛茶树几棵芥菜，充满日常的生机。这样一个古意盎然的村庄，因为有了许多的古树，让人觉得内心沉静。听着雨点啪嗒啪嗒击打在树叶上，觉得时光的脚步，在这里被无限延缓。

统计树木的人来到了我们村里。年轻的大学生，戴着眼镜，夹着卷尺和笔记本。他们来到每一棵大树前面，用卷尺量树的腰围，测量枝叶的阴影，记录树上鸟窝的数量。他们通常会忽略那些矮小的树。比如长在河岸上的，每年要被汹涌的洪水淹没两三次的一棵歪脖子树。歪脖子树的根深深地扎在河埠头。歪脖子的一个枝丫总是被人砍掉又长出来，长出来又砍掉，因为那个枝丫常常会挡住从码头上岸的人。有的人停了船，会把绳子系在树桩上。有时候村里的放牛娃也会把牛绳系在树桩上。夏天的傍晚，牛绳系得松松的，老牛可以舒服地在这个树窝深潭里泡个澡，老牛的鼻息粗重，太阳下山后变得悠缓，这是一个宁静的傍晚。

统计树木的人统计了全县的古老的大树，最后写了一篇论文，《常山县古树名木资源现状及保护管理建议》：

> 据2014年6月至8月调查，常山县古树名木18科32属40种2233株；树种有香樟、南方红豆杉、银杏、马尾松、杉木、柏木、圆柏、榧树、枫杨、苦槠、青冈栎、小叶栎、糙叶树、珊瑚朴、榔榆、红楠、枫香、黄檀、常山胡柚、南酸枣、黄连木、枳椇、女贞、柿树、梅、

四季桂等。

这些树木生长在美好的地方——庭院（15棵），宅院（45棵），公园（2棵），村旁（482棵），路旁（947棵），水旁（110棵），田旁（61棵），山坡（529棵），其他角落（30余棵）。

统计树木的人走访了很多地方，问了很多老人，有的老人年纪已经很大了，他们随手一指，嘴里说着含混不清的话。他们的手指向山谷和悬崖——"那里有一棵，一棵，我爷爷的爷爷就知道那棵树了……"问他那是一棵什么树，那棵树具体长在哪条山谷，哪片悬崖，他们就说不清了，有时候指向东边，有时候又指向西边。也许他也明白，这是树的秘密，树可能并不想暴露自己的方位。关于树的秘密，其实只有树自己知道得最多。

统计树木的人扭头望了望山谷的方向，推了推鼻梁上的眼镜框，起身走了。我觉得统计树木的人应该给每一棵树做一个口述史。

我在秋天去看一棵银杏树。那个地方离我家非常远，大概有几十公里，以前叫作毛良坞（一个典雅的名字），现在叫作新桥（嗯，怎么说呢，一个新的名字）。我去毛良坞，首先是去看一位山里的朋友，山里的朋友有时会带给我冬笋，有时候会带给我一些别的山货。我和山里朋友一起喝酒，喝到微醺的时候摇摇晃晃去看一棵树。

一棵金黄色的树。

一棵把一整个村庄印染成金黄色的树。

那时候我觉得，一个村庄要是有一两棵古老的银杏树，真是一件有福的事情。一两棵树的灿烂，有什么可以比得了呢？

银杏树是雌雄异株，有雌树有雄树，方能结果。银杏果挂满枝头，等到落地腐烂，会产生一种怪味。但是银杏果可以吃，盐焗白果，是一道很好的下酒小食。

印象深刻的银杏树还有三个地方：一是山东莒县浮来山上，有一棵四千年的银杏树，可谓天下第一银杏树，我曾去拜访过；二是衢州孔氏家庙的银杏树，有一年秋天，满院金黄之中偶遇一位朋友；三是县城塔山之上，文峰塔下有一座书画院，院中有两棵银杏树，去年秋雨之中我曾去探望，大门深锁，里面一个人也没有，我透过门缝拍下一张照片，也是一地金黄。

去看一棵胡柚树。这棵树就长在我家的门外,出了门二十几步的地方。在一个春天的清晨我打开家门,忽然闻到一阵香,我就知道那是胡柚树释放的信号。这棵胡柚树已生长了二三十年,看起来很老了。树身上的枝杈已经被虫子蛀空了,另一侧也有着虫袭的伤痕。我曾去青石镇一个叫澄潭的地方,寻访胡柚的"祖宗树"。我去年写过一篇文章,写到胡柚这棵"祖宗树",有人问我,为什么叫"祖宗树"。胡柚这一种水果,最初的种子也许是风吹来,也许是鸟儿衔来,落地之后生芽生根开花,花粉与附近的橘子树交换彼此的信息,获得了某种意外的机缘,就此自然杂交,有了常山胡柚。查来查去,澄潭的这一棵胡柚树,应该是最早的那一棵了,后来遍布常山大地的胡柚,都是从这一棵树繁衍生息开来。由此,这一棵被叫作"祖宗树",大抵还是不错的。

或问,"祖宗树"高寿几何?

答曰,不过一百多岁也。

澄潭有大片的胡柚树,树也长得高大,普遍是几十年的老树。陪我寻访胡柚树的老农技员郑美催,给我看了一本

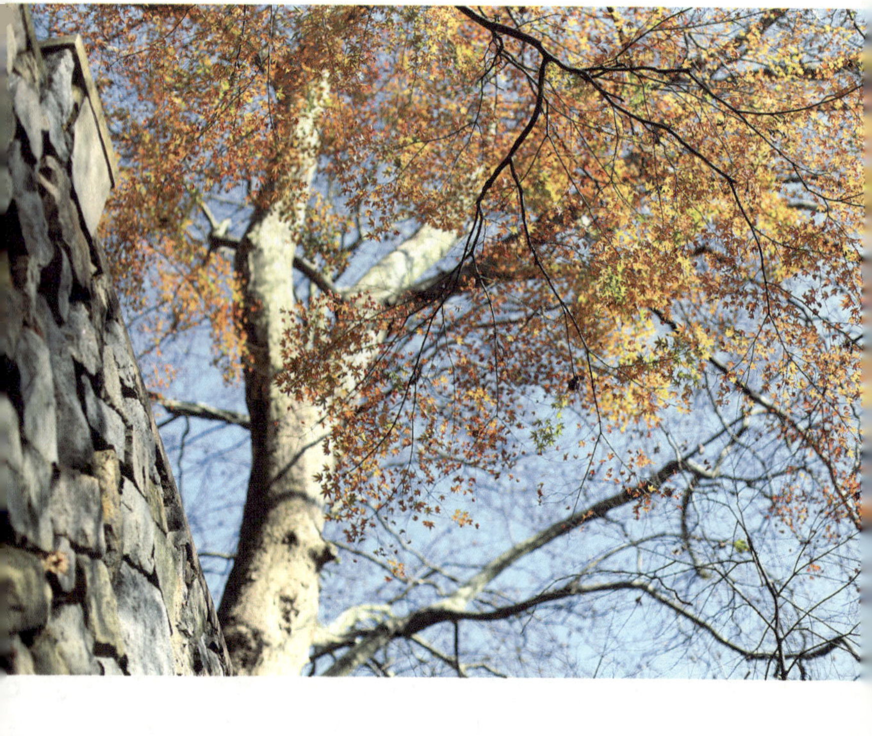

书：《常山胡柚特性及栽培技术》，贝增明、叶杏元编著，中国科学技术出版社2003年出版。郑美催一辈子搞农业技术，现在是个老人家了。1972年，他搞病虫害预测和预报，后来任县农业局的棉花辅导员，也是土农药、土肥料的专家。对于大地上的事情，他知道得比大多数人要多。对于土地上的昆虫，他也知道得比大多数人要多。这是一件令人佩服的事情。但是郑美催很谦虚，他说一个人要是五十年坚持种地，一定是能把地种好的，坚持研究昆虫，也是一定能懂得昆虫的。

走在路上时，他指着一棵胡柚树告诉我，你看，这棵树就快不行了。

那是一棵胸径碗口大的胡柚树，树冠上还有浓绿的叶子，也开着并不稠密的花。但是老郑跟我说，这棵树恐怕这两年就要坏了。我疑惑不已，为什么呢？老郑说，一看就知道，这棵树里面已经被虫子蛀空了。胡柚树是虫子很喜欢吃的树。胡柚树的质地松脆，果子很甜，它的木质部吃起来也是甜的，所以虫害尤其多。两三年不照顾它，一定会被虫子攻击的。

那个村庄里，很多人都外出打工，门前屋后大棵的胡柚树无人照看，一不留神，就被虫子攻陷了。

所以这个春天，当我在自己家门口闻到柚花香时，便也是接收到了胡柚树传递给我的信号。这是风里传来的信号。

胡柚树开花的时候，香气叫人心醉神驰。很多年前，我就想到，应该开发一种香氛产品，柚花香。柚花开，柚花落，匆匆春逝去。若是有一种柚花香，可以把春留住，那是多好的事。

花的香是很奇妙的，差异也很微妙，就像古树花、新树花的区别，你能不能闻出来？这就跟喝茶一样。譬如普洱茶，讲究出茶的山头。最古老的三座普洱茶山，大雪山、攸乐山、老班章。古六大茶山，分别是革登山、莽枝山、倚邦山、蛮砖山、易武山、攸乐山。新六大茶山，分别是南糯山、南峤山、勐宋山、景迈山、布朗山、巴达山。我们到云南普洱市去，就去这些山头，到处转。

如果你要闻常山胡柚花的香，也要去几座山头。讲究的人，就得讲究到极致——某某山的柚花香，头香怎么样，中香怎么样，尾香怎么样，都略有不同；有的山头，头香是入鼻爽滑，舌面生津；有的山头，中香温和，香气略带木香或蜜香；有的山头，尾香余韵悠长，回甘持久，令人流连再三,云云——总之,虽然同样是胡柚花的香,却因开花的树所在山头不一,山坡与园地海拔的不同,小气候的差异,花香都各擅其美,十分微妙。

此外,还要讲究这棵树的年龄。譬如胡柚"祖宗树"的花,因为是百年古树花,花香更为绵柔,是持久的甘甜,其他五年十年的新树花,花香清新,后味却不那般醇厚。有一些经年老树,遇有虫害,花香是极尽甘芳的,却有一种瞬间拼力绽放的令人忧伤的美……如此这般,可供诸位参考。

我以前喝过一种茶,是以柚花入窨的白茶。常山的茶,是绿茶,似乎也并不怎么样的有名气。若是遇上灵魂有趣的爱茶人,喜欢花茶的,则不妨以胡柚花入窨,一层花,一层茶,又一层花,又一层茶。如此,上等新出的绿茶,与六大山头的胡柚花层层交错,让茶充分吸收花香。这样的胡柚花银毫茶,品饮之时,一股沸水冲下,一股自然主义的胡柚花香便飘飘渺渺溢出,如梦如幻。我以前喝过茉莉花茶、桂花龙井、梅花正山小种之类的茶,若是以后,在常山也能喝到上等的胡柚花银毫茶,当可快慰我心。

说不定,到那时也会有人花巨资,想要包下一棵胡柚树的花香吧?

虽说不免有人如此豪气，但我想，胡柚树是不会答应的，它不会只想把花香留给一两个人。

而我则可以搬一只小板凳，在门前柚花树下坐了，一个人，仰头，闭目，深呼吸——然后，丝丝缕缕，细细盘它。

曾在夏天去看一片古树林。古树林在肜弓山。那真是茂密——樟树、枫树、苦槠树、椿树、槐树、松树，以及各种各样我无法识别的树，大的须数人合抱，小的也有近年村民新栽种的。这几百棵树里，以一株苦槠树最为古老，树龄约有八百年，被人称作"江南第一苦槠树"——但凡自称"第一"的，都可以质疑，但是在这里，是不是"第一"根本就不重要，苦槠树是不会在乎的。

村口的古树林通常是"风水林"，涉及一座村庄的运势，当然，这是习俗或者说是迷信，几百年来流传下来，村民信也好，不信也好，自有其内在的运行规律。这些规律包括，朴素的敬天爱人之心，简单的祈求平安顺利的美好愿望，以及对于这世界未知部分的敬畏之心，等等。几百年流传下来，得以保留的，不只是一座古树林，还有与之相对应的民风民俗，待人接物的淳朴善良，等等。

明嘉靖年间的《徐氏宗谱》，明确记载一条十分严厉的族规——凡有私自砍伐古树的，一是以"败族罪"论处，由族长亲自敲锣打鼓，公告将其踢出族谱序列；二是扭送官府，由官家治罪。这些族规，一直延续到今天，成为人人谨守的村规民约。

我想，这或许就是"相信"的力量。这种力量也跟树根的力量一样，在看不见的地方生长。一个村庄，如同一座森林，数千棵树，看起来毫不相干，但它们很可能会在高处，树枝与树枝握手，也有可能会在地下深处，树根与树根交流——我相信它们一定是有某种信息交流机制的。这座古树林，即便经历特殊年代如"大炼钢铁"时期依然能够幸存下来，必然是有一种源远流长的根系在发挥作用的。也许，这就是所谓的"风水"，这也是一个族群，得以持续稳固和发展的缘由。

一棵古树，就是一位乡贤。

怎样看待一棵树，其实是人的事情。人的内心越温暖越坚定，目光越明澈，就越能穿越时光，了解那些遥不可及的事物；也就越能看见，一棵古树与一群古树源远流长的好处。

古树不说话，古树只是在那里默默地生长。它用生长这种方式，耐心地实践着自己在世间的哲学。

这种哲学推己及人，就是树对人的熏陶与滋养。

有古树的村庄是有福的。

我跟小文相约，盛夏时节，去他树下的茶馆坐一坐，一起聊聊田里的事，聊聊城里的事。我也跟另外一些朋友相约，秋天到我们这个叫五联的村庄来。我们可以一起做很多有趣的事情，比如挥汗如雨获稻。当所有粮食颗粒归仓之后，我们还可以一起去看树。看杉树柳树香樟树，槐树栗树胡柚树。看沉默不语的银杏树，怎样用金黄哗啦一下照亮整座村庄。

每座村庄都珍贵

到金源古村去的时候,我带了一本书,余华的《活着》。余华在序里说:"我相信是时间创造了诞生和死亡,创造了幸福和痛苦,创造了平静和动荡,创造了记忆和感受,创造了理解和想象,最后创造了故事和神奇。"

到了金源村,我就觉余华的这句话很贴合这座古老的村庄。如果说有什么东西在这座村庄留下了珍贵的痕迹,那么一定是时间。

之前朋友向我推荐,说可以去金源村看看。看什么呢,会有惊喜吗?我对此不抱什么希望。这主要还因为,有段时间我经常去各个地方看古老的村庄——见到的村庄太多了,它们中的许多更加庞大,更加特色鲜明,古朴的细节与原初的历史现场也保留得更加完整。比如说松阳。我刚去过松阳，也在那里住过，也在那里淋过雨，沐过风。比如有个小村庄叫杨家堂，村口有两棵巨大的香樟树，香樟树掩映的后面，顺着山势起伏的建筑让人赞叹不已。要知道，在地无三尺平的环形山凹里，杨家堂的先民们硬是依着山势一级级向上延伸，建起了阶梯式的夯土墙民居群落。小村上下屋的高低落差，有两三米，顺着山坡上的后门进得一屋，盘旋楼梯下来，下一层可以到大门。这样的建筑群落，总体落差有二百米，十八幢土木架构的清代古民居气势宏大，形成了五个层次的建筑群，这令前来探秘的游人叹为观止。这个小村庄因被外界誉为"金色布达拉宫"而声名远扬。我们在村中行走，碰到大雨，坐在凉亭下喝松阳的土茶，又与村中老人聊及往事，这眼前景象，令人印象深刻极了。

让人更加惊叹的是，在松阳，类似杨家堂这样的传统村落，一共有七十多个。这些村落的整体格局、建筑风貌都保存得比较完整，选址布局十分巧妙，既有风水的讲究，也有文化的传承，有手艺与日常生活的沿袭，再加上时不时笼罩在云里雾里的自然风光，就更加令人神往了。

与这些村庄相比，隐匿于浙西常山山野之间的金源村，又有什么独特的魅力呢?

一条溪流环抱着这座八百年历史的村庄。信步进入金源村粉墙黛瓦的深巷里弄,你会发现村民屋舍边有一条清渠穿村而过。这渠水来自古溪坑,流淌千年,欢唱不已。穿过老街,可见村民们悠然行走,或坐在门前择菜剥豆,或是抽烟闲话,神情怡然。村中有古池塘。继续前行,见到一座牌坊,乃是"世美坊"。这座牌坊初建于宋朝,重建于明朝,为两柱三楼门式石坊,造型上既保留了宋朝的精巧细致,又融入了明代的庄重古朴。人立牌坊前,发现牌坊高大庄严,牌坊上的明楼、柱头都有斗拱,造型精致。正中额坊上刻阴文楷书"世美"二字,遒劲有力。

仰视这座牌坊,也使我想起一本书,《庵上坊:口述、文字和图像》。一座牌坊到底能携带多少历史的秘密——借助这本书,十多年前我对山东省安丘市庵上镇这座牌坊的阅读让我发现,只要深入挖掘,哪怕是一座沉默的牌坊,也蕴含无比丰富的往事和人间悲欢。那么对于眼前这座牌坊,我们还知道些什么——大部分的往事都隐藏在时间的身后。在这个村庄,能留下来的只有片鳞只甲。在附近村民口中,"王家一门九进士"的说法可谓妇孺皆知。清代光绪年间的

《常山县志》记载："世美坊，在县东上源，为王氏世科立。"王氏家族，这个村庄里最大的家族，也铸就了这个村庄最宏伟的骄傲，王氏家族"一门九进士，历朝笏满床"的往事，成为金源村无法逾越的高度。

村民们一遍遍在口头重述那些进士的名字，当然，那些名字也被隆重张挂在与世美坊数步之遥的王氏贤良宗祠里。与世美坊一样，王氏宗祠也被列为省级文物保护单位。这座占地一千二百平方米的宗祠始建于北宋，曾先后经历过两次重修，亭台翘檐式的建筑里，有着极为精美的木雕石刻，整体上呈现出雕梁画栋的气韵，浑然古朴。我们那边去寻访宗祠之时，一位老人带着三四个孩子在厅堂玩耍，孩子们高声嚷叫，追来跑去，为这个空荡荡的建筑带来了饱满的生机。

在老人的讲述中，王介总是第一个被提起。王介（1015—1076），字中甫，北宋诗人，常山县芙蓉章舍人。宋仁宗庆历六年，登进士第，早年与王安石交好。王介生有四子，其中王沇之、王汉之、王涣之三人皆为进士；加上其弟王念及侄子王汸之，以及王介父亲王言、王汉之儿子王栎、王介七世孙王一非，掐着手指头数一数，便有"一门九进士"之说。

根据《长川王氏宗谱》记载，王介是芙蓉章舍人，而章舍王氏源于北宋年间。某年盛夏，大理寺评事王伟巡视常山，不幸患疾病逝，其子王言在附近择地卜葬，见芙蓉章舍山川秀丽，景色宜人，便扶柩来葬。王言在墓旁结庐守制三年，从此定居了下来，并尊称王伟为章舍王氏的始迁祖。

这些故事总是令人津津乐道，王氏家族的辉煌，在王介那儿就建立起来——据清代毕沅《续资治通鉴》记载，1061年8月，皇帝亲自监考，选拔"贤良方正能直言极谏"官员。参加这次考试的，最终有三人入选——苏轼获第一名（第三等），王介获第二名（第四等），苏辙获第三名（第四等）。

按照惯例，第一等、第二等往往都是空缺的，所以第三等实际上就是代表最优秀了。苏轼、苏辙兄弟二人在朝中名望极盛，与父亲苏洵合称"三苏"，在唐宋八大家中占据三席，加之其家族渊源深厚，人脉关系非同一般，不是王介可以比拟的。来自浙西一隅的王介能在这次策试中脱颖而出，取得第二名，名列苏辙之前，实属相当不易。

在此之后，王介与苏轼、苏辙成了同年，彼此交好。多年后，王介去世，苏轼作《同年王中甫挽词》，苏辙作《过王介同年墓》，以示纪念和哀挽，其中有"先帝亲收十五人，四方争看击鹏鹗。如君才业真堪用，顾我衰迟不足论"等诗句，高度赞赏了王介的过人才华和渊博学识。

以上是这个家族的主要故事，在各种书面资料中被一再引用，也成为这个村庄的重要文化遗产。毕竟那些往事离现在太远了，这个村庄也只是留下了一座宗祠、一座牌坊作为物证。世美牌坊，如今是衢州境内，现存的年代最久远的一座牌坊。王介与苏轼、苏辙兄弟一同参与的那一场考试，则成为王介一生中最为浓墨重彩的一笔。

而在这个现名"金源"，原名"上源"的古村，据说最初的村庄规划设计便有王介的参与。古村现存的明清民宅、道路、池塘、溪流，皆按照阴阳五行学说分布，达到"天人合一"的境界。溪流穿村而过，依山傍水，屋舍之间曲径通幽，四通八达。这个村庄的格局若有王介的规划，这样今天的人在穿街走巷的时候，也就有了寻访前人足迹的意思。事实上，八百年的时光在村庄里如流水一般淌过，迎面而来的面容换了一拨又一拨，先辈们的容颜，不知道在今人的脸上还能不能找到依稀的迹象？

在贤良宗祠外，鹅卵石铺出花地。一侧的世美坊，据

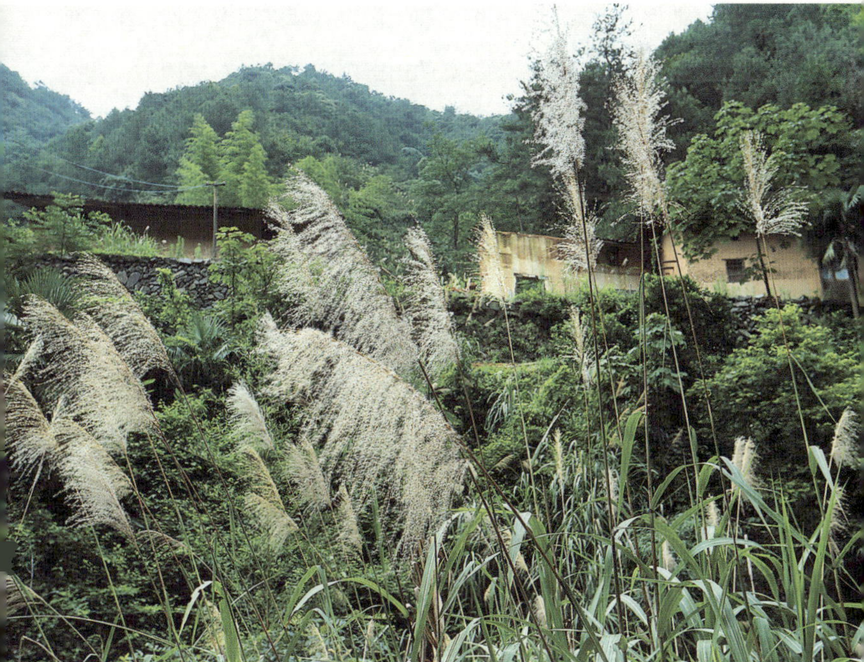

说被古坑溪的洪水冲倒多次。原来,上游有一条作恶多端的黑蛟龙。黑蛟龙一旦发怒,便会带来山洪,冲垮牌坊。明朝重建牌坊后,于附近的古坑桥下,埋了一条铁蜈蚣,这才把黑蛟龙镇住。从此,这个古坑溪风平浪静,世美坊也一直完好地保存到如今。古坑溪往上游走,两畔屋舍俨然,果树郁郁,桃李飘香,一派宁静的山野田园风光。石拱桥下,菖蒲离离,几只鸭子正于溪水中嬉戏。

我们离开金源古村时,身后的老街上依然传来扩音喇叭的响声,"收——老家具,老银圆,老钞票,老字画,铜锁,铜钱,铜像……"摆摊收这些老物件的人,早已在廊桥下侧身酣睡,脸上覆了一顶宽沿草帽。我想,这个人对于古村一定是有些了解的,否则他怎么会慕名而来。有一瞬间,我甚至恍惚起来,觉得这个人会不会是"九进士"或"十进士"里的某一个后人,他想通过收集旧物件的方式,重新集起逝去的时光。

余华的书还被我握在手上。余华在序里讲了两个时间的故事,一个是贺知章的一首诗《回乡偶书》:"少小离家老大回,乡音无改鬓毛衰。儿童相见不相识,笑问客从何处来。"另一个是唐朝人崔护的故事:"去年今日此门中,人面桃花相映红。人面不知何处去,桃花依旧笑春风。"

我觉得金源古村可以算是时间的第三个故事。时间是如此的意味深长,它沉淀在每一座不同的村庄里。不管是松阳的几十座村落也好,古徽州大地的村庄也好,或者是三衢乡野之间的村庄也罢;不管是保存得古朴完整的村庄,还是日新月异的今日村庄,时间都一样公平地对待它们。每一座村庄都如此不同。因为不同,每一座村庄都如此珍贵,每一座村庄都装载着那里人们的快乐和悲伤,光辉与荣耀。也因此,村庄的美好如流水一样,得以在世世代代的时光里流传。

为大地喝彩

老曾大肚圆脸光头,浑身都是喜福之相,他托一个酒壶,站在金黄的稻田里,亮开喉咙喊一声:"福——也——"

这一声中气真足,在天地之间响起,震得空气嗡嗡作响,震得稻穗颤颤巍巍。

这是秋天,水稻成熟,开镰在即。为了让外地来的朋友领略一下"喝彩歌谣"的魅力,我特意把老曾请到了稻田中间。老曾,曾令兵,国家级非物质文化遗产"常山喝彩歌谣"的传承人。喝彩歌谣是什么?简单说,是流传在常山大地的,一种古老的口头文学样式,也是一种民俗文化。以前人结婚、上梁、祝寿之类的喜事,都有这一种习俗参与其中,而喝彩师傅,一般通过父子、师徒间口授心传。最常见的喝彩,是民间上梁,其历史可以追溯至明万历年间,我国仅存的一部民间木工营造专著《鲁班经匠家镜》——"匠家镜",营造房屋和生活家具的指南——就专门提到了"立木上梁仪式":

> 凡造作立木上梁,候吉日良辰,可立一香案于中亭,设安普庵仙师香火,备列五色线、香花、灯烛、三牲、果酒供养之仪,匠师拜请三界地主、五方宅神、鲁班三郎、十极高真,其匠人秤丈竿、黑斗、曲尺,系放香桌米桶上,并巡官罗金安顿,照官符、三煞凶神,打退神杀,居住者永远吉昌也。

这是上梁,那么生日祝寿、结婚大喜,也是要请喝彩师傅亮一亮嗓子的。喝彩师傅那么一亮嗓子,众人们齐声应和"好啊",声声高亢,此起彼和。这种喝彩的习俗里,彩词都是吉祥如意的佳辞,东家得个欢喜,众人得个彩头,之所以能一代一代,数百年来生生不息流传,实在是展现了老百姓心中对于美好生活的向往(譬如说,老曾口中的"福也",在书上也常写作"伏以",而民间常作"福也",也并不错)。

喝彩传到老曾手上,是可以追溯、流传有序、有名有姓的第六代传承人。他个头一米八,体重一百八,身宽体胖,一笑就是弥勒之相。曾令兵以前热衷于收藏小人书,二十年间收藏了四万多册,为了给这些藏品安一个家,他还造了一个"半典阁"。初中毕业时,他跟随父亲学木匠手艺,经常听到父亲的上梁喝彩声。那时农村造房上梁,都要有人喝彩,喝彩声一起,那多热闹——曾令兵就记得父亲每回上梁喝彩:

"开地开场,日月同光;今日黄道,鲁班上梁——"

耳濡目染之间,曾令兵也学会了喝彩。到他二十一岁时,父亲把自己多年积累手抄的喝彩词本,郑重地传给了他。曾令兵如获至宝,一有空就琢磨、整理,增添了许多有时代特色的词句,使得彩词内容更为生动鲜活,生机勃勃。

好了,闲话少说,但见老曾立于稻田之间,丰收的稻浪在他面前摇摆,他大手一挥,连续三声喝道:"福也——"

众人应和:"好啊——"

这一嗓子的吆喝,是喝彩的"起",喝彩师要把这一声彩头传递给稻谷、麻雀、山川溪流,传递给高处的神明,传递给所有辛苦劳作一年的农人。

接下来,一连串的词汇,是一首献给土地、献给粮食的,最朴素的赞美诗:

  稻谷两头尖,
  天天在嘴边,
  粒粒吞下肚,
  抵过活神仙……

这些词句,是老曾自己整理和编写的。他每高喝一句,众人都会齐声应和一句"好啊"!这洪亮的声音,齐整整地绽放在田野,也响彻天地之间,令人回肠荡气。在老曾几十年、无数次的喝彩经历里,这样为稻禾收获所作的喝彩倒是第一次,但对他来说,面向低沉稻穗的喝彩,跟面向乡里乡亲的喝彩一样素朴,一样动情。老曾继续喝道:
"福也——"
"好啊——"
"正月灯,二月筝,三月蛤蟆叽嘎叫,四月放牛孩子扮鬼叫；当月平平过，五月有麦磨，六月吃吃苦，七月撑断肚，八月砍砍柴，九月打打牌，十月算一算，十一月有戏看，日子过得好像吃了蜜一样……"

这是常山本地流传的"十二月谣"，我在本地文史资料中查阅到，当然四乡八里之间版本略有不同，我在《一饭一世界》里记录过："正月陪陪客，二月铲铲麦，三月平平过，四月苦一苦，五月拉麦馃，六月饿腹肚，七月出新谷，八月有戏瞅……"（见1989年5月编《常山县风俗志》）

老曾一口气把十二月谣诵完，众人齐声叫好。然后他一仰脖，纵饮壶中美酒。恢宏的气场，精彩的喝彩词，激起稻友们的热烈掌声。田野之间，喜庆祥和。其实，这样的丰收喝彩场景，在常山的田野里也是第一次，既是对于水稻文化的传播，也是对于喝彩这一优秀传统民俗文化的传播。三四十位稻友，还有那些在稻田里像风一样奔跑嬉戏的孩子们，这会儿齐齐站在沉甸甸的稻穗前留影，所有人脸上挂着笑，这会儿，大家一起领受了土地赐予的美好。

2020年1月，"稻之谷"建筑落成，我又想到请老曾来喝彩。"稻之谷"的想法，缘起于2014年"父亲的水稻田"，自从老家种田始，一雨一晴春，一种一收秋，不知不觉几年过去,这一文创活动的内涵,早已超越最初的想法。它是当下我们对于理想生活方式的探寻。而"稻之谷"作为建筑作品,既是物理意义上的承载空间,也是精神意义上的构建空间。

这些年来,我们与稻友一起,既在大地上耕种劳作,也在纸上用文字创作,种了粮食,也出了不少书。我曾不完全统计过,稻友们除了出版了四部合著《每一个简静的日子都是良辰》《这是我想过的日子》《各自去修行》《唯食物可慰藉》,还有不少稻友都出版了自己的书,如许丽虹、梁慧著《吉光片羽:〈红楼梦〉中的珠玉之美》《古珠之美》,禾子著《借个院子过生活》,何婉玲著《山野的日常》,何越峰著《不器:我只是个生活家》,章衣萍著《水下三千米》,郑国芬著《四时花朵作陪》,沈春儿著《菜花螺蛳过老酒》,韩月牙著《一切幸福,不过恰好》,肖于著《都是好时光》,宛小诺著《高黎贡山下雪了吗》……不统计不知道,一统计确实也很壮观了!

当然,除了文学样式,"稻之谷"还收藏其他各个艺术门类的作品,譬如"稻之谷"建筑本身,由中国美术学院出身的著名青年建筑师赵统光先生担纲设计,取法自然,融合传统与现代，数易其稿而完成。这样一座现代建筑，融合了中国传统的天井与谷仓概念，注重人与空间、自然三者之间和谐流动的关系。建筑与天空、丛林、山野你中有我，我中有你，生活在建筑中，亦是生活在天地自然之间。

"稻之谷"的内装设计，则由同样国美出身的青年设计师龚孜蔚先生担纲，施工则由常山半典阁团队完成。空间本身，即是作品，可参泉壑，可悟山林。"稻之谷"又收藏了众多大咖书画作品，包括吴红霞的美术作品《盛年》系列，叙利亚诗人阿多尼斯的作品《一朵云》。阿多尼斯曾说："一切都是诗歌，画和诗的区别不过是所用的材料。"而在我看来，一切也都是写作，种田、画画、看云都是；插秧割稻，俯身起身，亦是在表达个体与这个世界的关系。

现在，老曾的喝彩歌谣，也成为"稻之谷"记忆的一部分。它是声音的艺术，也是在地民众的文化艺术。老曾喝彩道：

福也——

天地开张，日吉时良。

我问此梁生在何处？长在何方？

生在昆仑山上，长在卧龙山冈。

大树长了数千年如对，

小树长了数千年成双。

八洞神仙从此过，

眼观此木深丈长，

特请东家做主梁，

有请鲁班下天堂。

此梁此梁，不同寻常，

栋梁上屋，稳稳当当，

红星高照，金碧辉煌，

合家吉庆，人丁兴旺……

一声"福也"，一声"好啊"，回荡在"稻之谷"，也回荡在山野之间。老曾身着传统服装，手拿五尺杆，彩词滔滔，雄风浩荡，赢得满堂喝彩。

仪式结束后，老曾又把木匠的吉祥之物"五尺杆"赠送与我。这一件传统工匠文化的象征器物，也将被"稻之谷"长久收藏。

山里有座榨油坊

正月初五见到黑孩,他从溪涧里回来,手上捧着刚洗过的菜。哎呀,你们先坐会儿——他腼腆地笑,说要先去打个下手。

进了厨房,他开始切菜。毛笋是早上刚从竹林里挖的"泥里白",白白胖胖;青菜是菜园里才掐的,水灵得很。厨房里的几个人也都在忙碌,姐姐和叔叔分别掌勺。黑孩的妻子糖糖忙着整理房间,把上海客人退房后的巾被抱进洗涤间。此刻,正午的炊烟正从二百多年的老房子里升腾起来,厨灶间飘出的香味四处洋溢,惹得客人们直呼好香。

房子是典型的江南砖木结构老宅子。大天井里花木葱茏。天空落雨,雨水让菖蒲叶、梅花瓣闪闪发亮。天井的两侧，一边是茶室，一边是书房。书桌上散落一叠叠宣纸，纸上尚有墨迹未干，字帖摊开在桌上——黑孩喜欢写写画画，一看而知颇有功底，他可是中国美术学院科班出身——然而在这个偏僻的小村子里，写写画画，都有些稀见的。

偏僻是真的。小村叫对坞，有五百岁了；海拔也高，一千多米，的确是深山沟沟——我早上从常山县城开车过来，一个半小时，弯弯山路把头都绕晕了。其实十五年前我来过这村子。那时我与摄影师老鲍、实习生小蒋一起，来到对坞就仿佛一头扎进桃花源，这个云生水起的地方，保留着太多古老的东西——大批的明清古民居散落在溪涧旁，鸡犬之声相闻；传统的黄泥夯土墙房子，与一树一树白梨花相映；两条潺潺流淌的溪流之上，架着六十多座石拱桥，桥头是苔痕上阶绿，溪边是古樟枝叶茂，那些古樟树动辄就是几百年、上千年；此外还有一座"天灯"，四百年来夜夜点亮，为小山村里樵夫耕者的夜行脚步照明。简直可以说，小村古风浩荡，保留了几百年来村民的生活图景。我们在村子里四处游走，老人与小孩的脸上，都是朴素天然的笑意。我们回去后，在报纸上一口气发了好些篇关于小村的报道，大版大版的图文，令报馆同事羡慕不已——都与我们开玩笑，说是老鼠掉进了米箩，把我们逗得大乐。

一晃经年。十年前，巍巍大山中动工兴建水库，这个小村的村民大多搬迁出去，住到离县城很近的地方。水库蓄水之后，进村的道路亦被淹没，进山改走一条更为蜿蜒曲折的道路，由此村外之人愈加少至。

黑孩很早就出去读书了。父母还在村子里生活。后来他带着女友回来结婚——黑孩是80后，女孩糖糖是湖南人，90后。那是糖糖第一次见到山中那座古老的榨油坊，黑孩的父亲余金龙就是一名老榨工，从十八岁开始操持这门技艺，至今四十多年。榨油坊每年秋冬开榨，山上采摘下来的山茶果，在烈日下晒干爆裂，人工剥去厚蒲，炒工把茶籽炒熟，再放进碾子，轰隆隆的碾子把茶籽碾碎，榨工把它包成茶饼，再上木榨——巨大的木龙油榨散发着摄人心魄的力量：几百斤的石块吊在梁上，榨工用力荡之，荡出优美的力量的弧线；它在一个至高点悠然下落，经验老到的榨工又调动千钧之力，推动这个石块去撞击撞针；撞针是硬木制成的楔子——无论是多么密匝的茶饼，依然可以挤出空间，我们常说，挤挤就会有的，撞针就是世上最擅长此道的物件——随着一声巨大的撞击，榨工从胸腔中迸发出悠长的、高亢的、清亮的、起伏的、穿云裂帛的、江南罕见的声音（请原谅我用了这么多的形容词，这种劳动号子在我的记忆里已经逝去，我童年时听到过，年幼的心灵曾为之震动，然而我多少年没有听过了。你知道的，古老的榨油坊，跟许多其他的事物一样，都在消逝，消逝的步伐不可阻挡）；随着这样一声声的撞击与号子，楔子嵌进茶饼之间，清亮的茶油，就从木榨之中，汩汩地流淌下来，淌成一条细细的、长长的线。

结婚的第二天，黑孩带着妻子在村里到处逛，惊讶地发现工人在榨油坊里挥锤忙碌。你们这是在做啥呢？黑孩问。他们说，拆了。

啥，榨油坊要拆？黑孩大惊。

不拆留着做甚？榨工都老了，没有力气扛得动这活。年轻人都出去挣钱了。这木榨，外乡人早买去了，这碾子，这转盘，就拆下来还能卖点钱。

黑孩自小是看着榨油坊长大，年复一年，父亲渐渐老去，榨油坊落满灰尘。与之相伴的村民，大多离开了村庄。这座榨油坊要拆了，黑孩觉得可惜。人家说，要不拆它只有一个办法，你掏钱买下来。多少？五万五。

黑孩看了看妻，摸了摸口袋，默默走开。

一夜无眠。第二天一早，有人跟他说，那个榨油坊你快去看一看，照壁已经拆完，人已经在顶上掀瓦。

黑孩急得去找村干部，又找乡干部，都说没办法。这是人家的东西，人家要拆，管不了。

父亲也劝他，算了算了，拆就拆了吧，留着也没有用处。

想了又想，不甘心。黑孩跟新婚妻子商量，一咬牙，把刚收的几万元彩礼钱拿了出来。当然不够。又找朋友同学借了一点，把这钱给凑齐了。

榨油坊是保住了，黑孩却被一村人笑话。那榨油坊拆了一半，透风漏雨不说，一面土墙眼看就要倒了，角角落落都是蜘蛛网，蜘蛛精都能爬出来。人家后生出息了，是去城里买大房子，你黑孩倒好，回山旮旯里来买一幢要倒掉的破屋。村民说，黑孩是念书念傻了吧。

榨油坊留下了，黑孩却对着它发愁。买下来派啥用场，他也不知道。

村民们一户户搬走了，留下古老民居二十来幢。青砖，黛瓦，高墙，木梁，有的还有大天井。可惜了，大多数风雨飘摇，破败不堪。

可黑孩着了魔。人家看不上的东西，就他觉得是个宝。对坞村天高皇帝远，可按照政策，村民搬走异地安置了，住过的房子还得拆呀。黑孩念过美院，觉得这些老房子有历史价值，有文化价值；再说了，祖祖辈辈都住过，那是整个村庄的记忆。就这么一拆了之，简单是简单，多可惜呀。

黑孩又去找村里，找乡里。也没用。村里动手快的，已经把房子推倒了，拦也拦不住。黑孩跑到县里，找了县领导。县领导觉得这事不一定靠谱，那深山沟里，老房子还有用吗？就问黑孩，那按你的意思，留下来干什么？

黑孩也不知道留下来干什么哟。他掏空腰包买下的榨油坊，不还搁着结蜘蛛网呢。但他说，怎么着这也是一个古村落吧，是文化记忆吧，那拆了可就没了，留着说不定能搞旅游。

那就暂时不拆吧，看看黑孩能干吗。县里电话打到乡里，乡里电话打到村里，村里赶紧让人停止拆房。这时候二十多幢老房子，只留下四五幢。最好的这栋房子有二百多年了，本来卖给了外地老板，老板要把这房子拆了整个搬

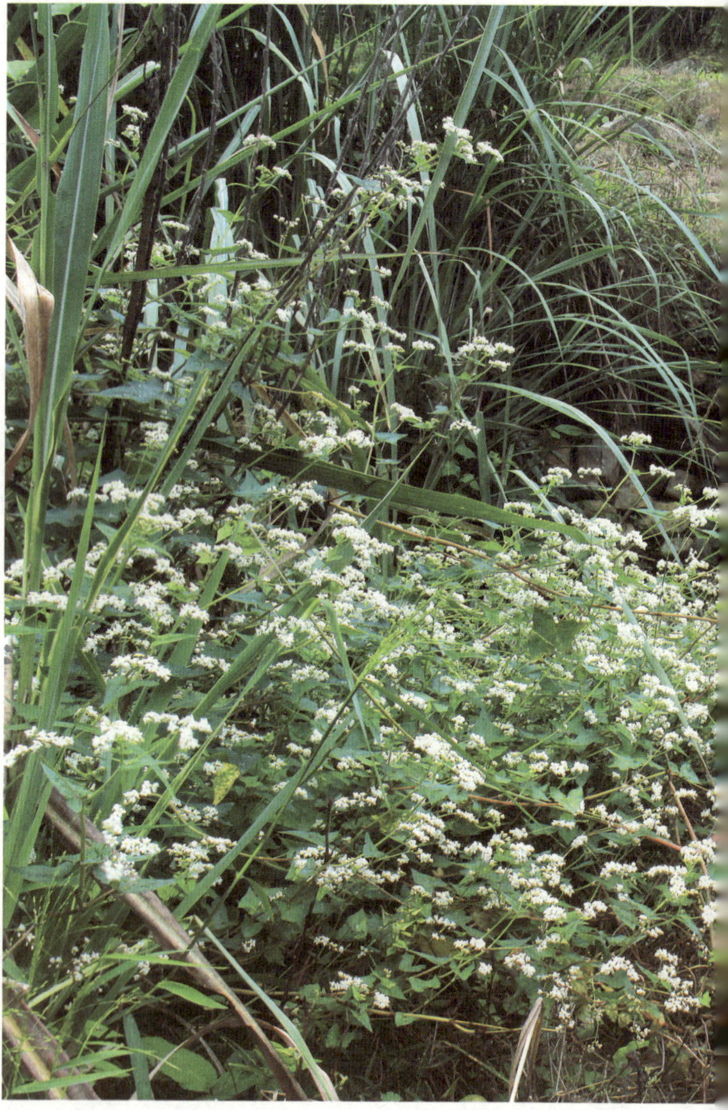

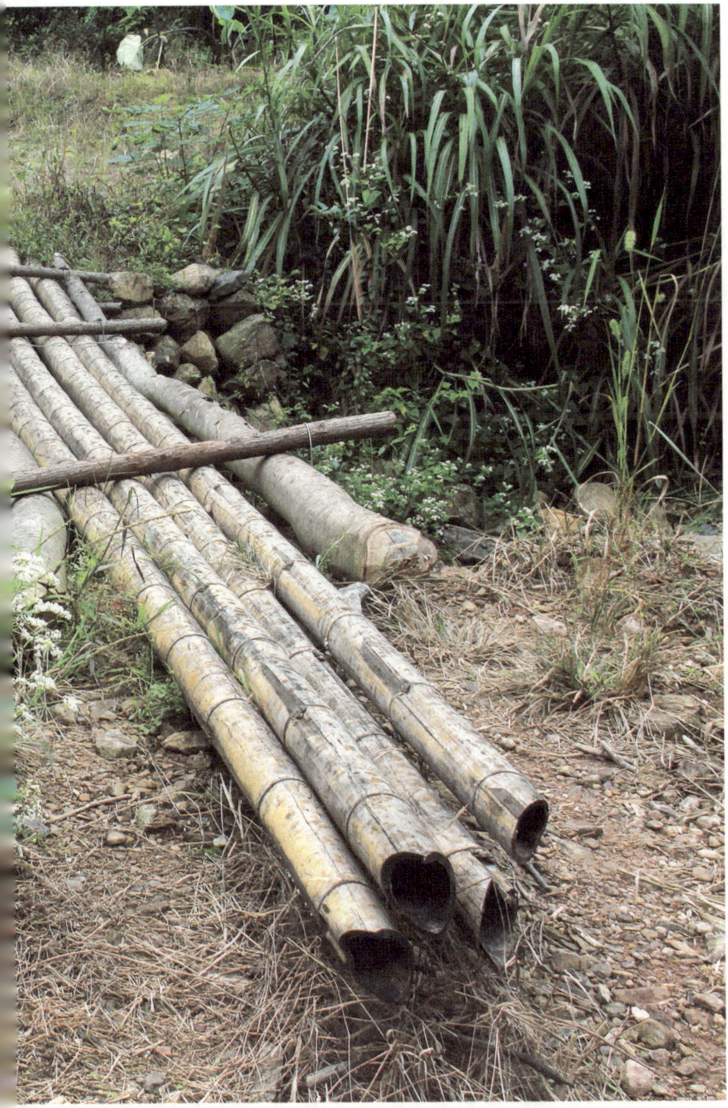

走。那岂不可惜。黑孩去找屋主交涉，让他别卖了。几番交涉下来，拆是不拆了，卖也不卖了，违约金你得付吧？十五万元，最后也是黑孩掏的腰包。

黑孩和妻子，一个会设计，一个会拍照，本来玩玩琴棋书画，开开网店卖卖东西，小日子过得挺滋润，如今跟老房子较上了劲，倒变得茶饭不思。不仅茶饭不思，还把过日子的老本都掏空了。

琢磨了好几个晚上，他们一合计，要不去网上搞个众筹吧。

对，就做个民宿，让城里人也来乡下住住，感受感受这里的山，这里的水，这里的山涛与林风。还别说，这里的天那么蓝，这里的水那么甜，真是稀缺的东西。三百年的古樟，四百年的天灯，五百年的村庄，一万年的大山，你到哪里去找？

还有呢，黑孩的父亲，除了榨油还会酿酒。村里人都爱喝他酿的酒，黑孩也能喝两口。以前喝这酒，总觉得有股说不出来的清冽，不明白是怎么回事。后来知道是因了水。古法酿酒的水，必得是山泉水。对坞古村四面深山环抱，丛林密布，加之这几年政府大力保护山林，人迹少至，几个山头终年云雾缭绕，溪涧中的水四季甘甜清冽，这才造就了一口美酒。

要不，就跟着父亲学门手艺吧，酿酒，榨油都行。

并且开个民宿吧，朋友们来了，一起喝酒。

想法是好的。黑孩和糖糖两个人自己拍照片，拍视频，在溪涧的石拱桥上坐着，神仙眷侣的样子，把自己的梦想说出来，张挂到网上，要在村里办一个民宿，就叫"村上酒舍"——没想到，他们的故事一下子火了，也有熟悉的朋友看到，委婉地说一句："祝你成功。"

不委婉的呢，就直接多了："黑孩，你太理想主义了，你要看清现实。"

现实果然是残酷的。

黑孩说，如果只看到困难，早就走不下去了。

他看的，是困难后面，那一丝希望。

黑孩的眼神闪闪发光。

他用了一年时间装修那座老房子。设计了九间客房、两个茶室和一个阳光餐厅，还有一个院子。幸好自己是学设计的，连图纸都没画，爬上爬下跟七十岁的老木匠一起搞装修。没人知道这究竟有多艰难——装修的材料,都是他蚂蚁搬家一样,一趟趟从山外运进来的。还有很多东西是网上淘来的。幸好有网购,可以买到很多小地方买不到的东西。快递送到山脚下的邻村,他一趟趟找车去运——有一次,快递点堆满了黑孩买的东西:桌子、椅子、沙发、床垫,甚至还有浴缸和马桶。一年下来花了一百多万元,除了众筹来的钱,自己又贴进去不少。

一年以后民宿开业,吸引了不少山外人来看新鲜,也有客人住进来了。他们从没想到,这样古老的房子,怎么会一下变得这么有文艺气息。也没想到,在这犄角旮旯的大山深处,还有这样闲适的生活:可以烤火、煨红薯,或者喝酒——喝的正是黑孩跟父亲学着酿的粮食酒;也可以看星星,趁着酒兴对月当歌,还可以挥毫泼墨。

日子其实是琐碎的——客人来了,要吃要喝,你得招呼。黑孩和糖糖原先想象的诗情画意之外,更多是日常的辛劳,他们转身成了店小二,端茶倒水打扫卫生什么都得干。忙的时候累得像条狗——90后都爱把自己称作"狗"——狗年春节那几天,他们原本没打算要营业,真想抓住时间好好休息几天,没料到网上来咨询的人特别多,连上海的客人也想来住住。得,那就营业吧。于是,客人们来这里看山看水看风景,黑孩和糖糖连带着一家人都忙得团团转。

然而尽管劳累,这样的景象却让黑孩感到高兴。这个古老的村庄似乎变得重新有了活力——什么时候这里来过这么多山外的客人呢?"村上酒舍"在网上有了名气,远近的朋友都来住。有一天来了一位客人,说黑孩这件事做得好,还说这是真正的"乡村振兴"。乡村振兴不能靠六七十岁的老人来完成,只能是年轻人——只有年轻人愿意回到自己的村庄,村庄才能注入生机,充满活力;也只有这样,"古村"才会变成"新村"。

吃过午饭,黑孩带我们去榨油坊。那个榨油坊已经整修过,高大的屋顶下,木榨和碾子散发着岁月的光泽。去年秋冬,每个星期黑孩都和他的父亲余金龙在这里榨一次油。父亲的手艺依然那么精湛,他抚摸着木榨的时候就仿佛重回到二三十岁。包好的茶饼,用铁箍套好,一饼一饼整齐地排列在木榨里;父亲做好了准备工作,用力荡起那块巨大的撞石。一次又一次,撞石荡得越来越高,随后,高亢的、清亮的、悠长又起伏的榨油号子从父亲的胸腔里迸发出来,洞穿屋顶,那声音震得空气也嗡嗡作响;紧接着是"砰"的一声巨大的声响,撞石击打在木制撞针上,撞针挤进木榨与茶饼之间,于是那山茶油,那清亮的液体从木榨里流淌出来,连成线,越淌越多。

所有来自山外的人,忍不住鼓起掌来,一片叫好。接下来,该黑孩上场了。

卷三 会饮

我们在窗口拥抱,人们从街上张望:
是让他们知道的时候了!
是石头要开花的时候了,
时间动荡有颗跳动的心。
是过去成为此刻的时候了。

———保尔·策兰《卡罗那》

在常山喝茶

晨起之前,在手机屏幕上读两篇文章。一是贾平凹《邻院的少妇》。题目虽是"邻院的少妇",起笔却说,"她其实不住在我家隔壁,在一个城市里,是我的熟人,女熟人"。然后写少妇"穿着牛仔裤和一件紧身的有着紫红色碎花的上衣""倚在我的书架上和我说话"……这篇文章短短五百余字,读着读着,却觉意味无穷,好像在喝一杯普洱,或是饮一杯红酒。文章最末,又来一句:"女人最好的年龄段是少妇,做少妇的女人真好。"

又读一篇,还是贾平凹的,这回是《女人与陶瓶》。也是短短数百字,写一个女熟人做陶与取画的琐事。平淡的事情,读来也很有意思。读完这两篇,继续倚在床头,咂摸了一会儿后味，好像还是在喝一杯茶。于是想到，散文的信息量问题。同样平淡的生活日常，有人写来洋洋洒洒，信息量却不大；有的人信手写来，却有一股子醇厚味道。老贾的小说，我常常读不完。这两篇小品文吧，我琢磨着，要是换一个作者的名字，譬如未曾见过的作者，我会不会也觉得好呢，或者说，就一下子也觉得好呢——难说。那么，这是什么原因？我以为，这就反而更可以看出，散文，的确是综合性的艺术。作者活着活着，也就构成散文的一部分。散文并不凭一篇或几篇，就奠定了什么地位的，而是把你的名字，你的生活，一并嵌入文章里头，不可分割，构成了文章的信息量，使人读了，仿佛在读作者这个人。

于是，文字，不过是这篇文章的一小部分。大部分呢，是在文字之外。如果一定要打个比方的话，文字就是那茶汤。喝茶的人，与泡茶的人，都是要有一些阅历才好。茶汤还是那茶汤，茶汤却不再是那茶汤。

前几天，老家朋友约我喝茶，闲聊本地茶文化。我记得老家常山，最佳的喝茶地方，当是在塔山之上。记得有一回，也是在这样的深秋，那塔山有座塔，塔下有座书画院，书画院中两棵银杏树，落了一地金黄。我们就在那一地金黄里，在两棵银杏树底下喝茶，以及读诗。后来天空渐渐暗淡，暮色垂落在院中。小城故事多，读诗少。那样的黄昏，想必也不那样常见。大家相继走到前面，神情羞涩，去读一首自己喜欢的诗。那天喝的茶，是本地出品的一款绿茶，用的普通的玻璃杯子，普通的茶叶，用竹编笼子装的热水壶倒出水来沏茶；坐在银杏树下喝了一杯又一杯。那茶汤，异常好。

老家的茶，实际没有什么声名，以前听说过"常山银毫"，一度比邻县"龙顶"还要响亮一些，后来渐渐淹没，以至于悄然无声。或可一提的是，本地文史研究者，在白石镇曹会关发现一块石碑，尘烟蒙蔽，浮土之下，乃是《茶田碑记》。这块碑记录了一桩往事。几百年前，一支七百余人的英国使团，前往广州，途经此地，人困马乏，就在路边茶铺喝到一碗常山野茶。此茶之味，大概有着惊人之美妙，令这些流徙人士大呼难忘，遂于茶田之中挖取茶树六株，不辞遥远，一径带到东印度公司。据说啊，六株茶树存活下来，并在印度培植成功，繁衍生息。有人据此认为，印度的茶也好，英国的茶也好，都是从中国，确切一些说，是从常山小城流传过去的。

老家山清水幽，常有野茶生于云雾之间。这些茶树如尘世间老衲，寂寂萧萧，无人过问，遂保持天然纯正的品质。江浙一带好茶甚多，大工业的结果，便是大品牌挤压小品牌，茶叶更是如此。

小众的茶叶，就只有小众的人赏识和品饮。好在放心。倘若要真正感受这茶的野趣与纯真，便只有去那山野之间，找耕夫渔樵问茶——这事虽将大费周章，但喝茶的趣味，说不定益佳，因茶味岂在茶中耶，实在茶汤之外也。

做戏

我走到西溪北苑小区,远远听到锣鼓声,继而是一阵咿咿呀呀的戏腔,热闹极了。那戏台就搭在一片空地上,不远处是摩天大楼,幽蓝的玻璃幕墙直伸到云端。我没有想到,在这样的地方还会有戏班子。更没有想到,看戏的居然那么多。千把人吧,我估摸着数了数,千把人还不止——银发长者居多,坐在轮椅上的好几个;中年人也不少。还有一个送快递的小哥,把三轮车停在人群之外,他就坐在三轮车上看戏,仿佛入了迷。

戏班子叫百灵越剧团,管戏班子的女人叫美花。这天他们做的戏是《大闹开封府》,上午刚演了一场《游四门》,都是老戏,老戏特别受欢迎。美花在后台,一会儿跑去拿道具，一会儿操控电脑，调个灯光。台下观众的心都跟着剧情走，剧情里的薄情男人一亮相，下面就哄一声闹起来，喏喏喏，翻脸不认人了！看到包公黑着脸走出来，就说，这下好了，这下好了。

后台穿戴齐整妆容精致的演员，加上前台正演出的几位，一共有十几人，前台后台，来回穿梭；再加上坐在舞台右侧的乐琴班，以及十来个装满服装道具的铁皮箱——后台就满满当当，局促极了。在这局促当中，却还有一个摇篮，摇篮里睡了一个满岁的小宝。小宝娘在前台扮老旦，小宝爹在吹打班，拉得一手好扬琴。这咚咚锵锵、嚓嚓咣咣的鼓乐声里，娃儿睡得真香。还有一个女孩儿三四岁，跟着戏班做电工的爷爷到处跑，这会儿在后台抱着别的女演员的腿，学着戏里的人披头巾。女演员还在候着场子，这会儿削好一个苹果，切下一片分给女孩儿吃。

我和美花就在这咚咚锵锵、嚓嚓咣咣的鼓乐声聊天。戏班子是常山县的，美花是建德人。以前在学校读书时，喜欢上了越剧，并没有想到以后会拉扯着一个剧团四处跑。你别看一个戏班子，事情可真多。第一是担心有没有生意。戏有得做，钱有得挣，大家都是开心的。如果戏接得少，做得青黄不接，大家心里反而愁闷。转场比较麻烦一些。搭台子的钢管、篷子，舞台的音响、灯光，那么多的戏服衣帽箱，还有要装满十四只铁皮箱的大屏幕，这林林总总的家什，去远一些的地方演出，要雇九米六的大车才能运走。去近边的村庄，就雇拖拉机，需要三台拖拉机才运得完。还有这么多演员——大家拼车，开上四五台的私家车，油费过路费，说好了大家平分。这样大动干戈，都希望到了一个地方，就能停下来多演几场，先把路费挣出来，再把辛苦费挣出来。

小生，老生，小旦，花旦，老旦，小丑，一个戏班子里，这些角儿都要配齐。戴胡子的老生要两三个，小姐丫鬟三四个，跑龙套四五个。要不然你把戏单递给人家——戏单上可是有两百多个戏呐，人家一点，你就暗暗叫苦：角儿不够用呀，那戏怎么演。美花自己也上台，吃这口饭，还是要听观众喝一声彩。观众说"这场戏做得好"，美花她们，就觉得多大的辛苦也值了，眼神里闪闪发亮。

下午三点四十分，一阵鼓乐过后，这场戏就结束了，舞台底下乒乒乓乓椅子响，大家都散去。演员们念叨着"下班下班"，从前台绕到帷幕背后来，卸妆的卸妆，换衣服的换衣服，有人衣衫都湿了。也有人妆都没卸，衣衫没换，就骑上电瓶车去远了，也不知道是去哪里。一时间，人走了，后台寂寞得很。美花说，下了班大家就自由喽，打牌的打牌，睡觉的睡觉，也有人负责做饭。演员们到得一处地方，先寻个大礼堂什么的宽敞地方，先把帐篷扎下来。每天一早，美花自己上菜场采买。现在菜价贵，肉价更贵，二三百元，买不了啥菜。做饭也是演员自己来，这样就俭省一些。这么一个团的人，二三十张嘴，每天工资要五千六七，每天睁眼就要钱，也是不容易。

越剧团里，演员都是女人，小生老生也是女人扮演的。大家都没有正儿八经上过戏剧学校，最多是几个月的培训班，跟着老师学一学。演员的年龄结构，将将过得去，都在三十岁到五十岁之间，再年轻的，就没有了。演戏真是要靠悟性，直接找一个年轻人来，哪怕是学校里出来的，几个曲本她拿得起，但要说到没有曲谱的"路头戏"，那还真不行。到底，老演员到位一些。有的演员也肯练，台上演，台后也在苦练。也有演员做戏做倦了的，离开了姐妹们，出去开了棋牌店。做了棋牌店的老板娘后，空下来的时候，也怀念四处演戏的时光。喝了酒，一高兴起来，就在棋牌店里唱上一两段。

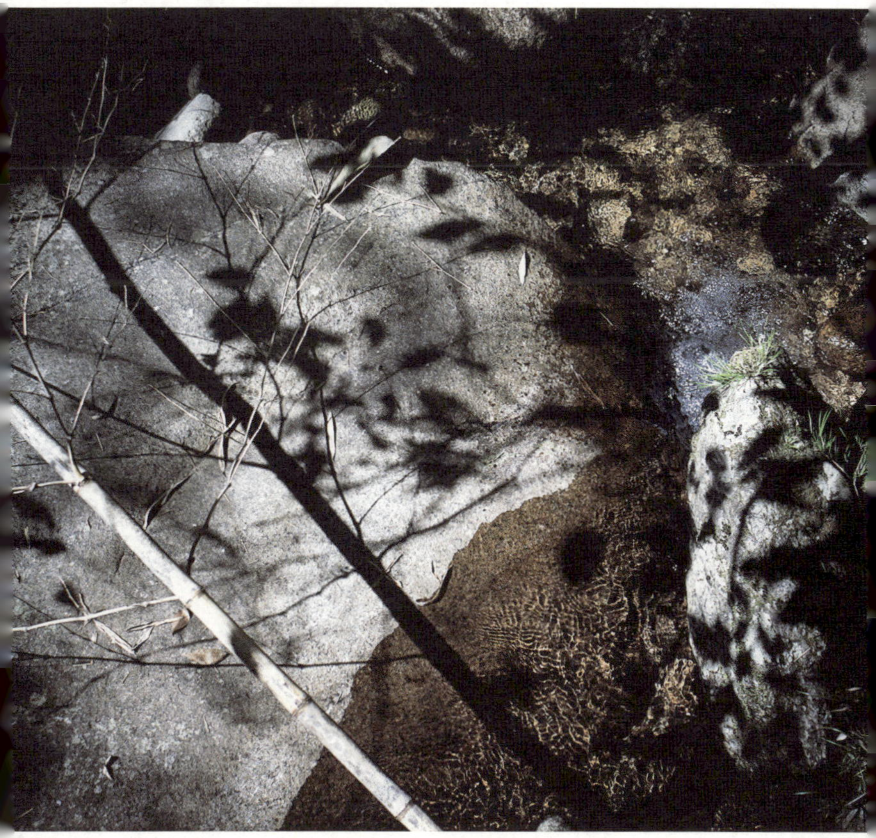

说话间，我瞥见一个年轻演员，衣服没换，妆也没卸，就坐在舞台边上划拉手机发消息。"是不是谈恋爱……"美花开着玩笑，对方抬起头来，只是笑笑，没有接话。她还沉浸在手机里没出来呢。这么一个剧团，最早只有十来个演员，慢慢地，有钱了添设备，有人了加人手。后来汪团长投资，拉起这么一个剧团，也的确不容易。美花说到的汪团长，也是常山人，演员们的工资都是汪团长负责，四处奔波招揽生意，也是汪团长。汪团长这个活儿不好干，被人尊重也有，两面受气也有，一般人做不好。至少也要能喝酒吧——美花这样说着，比如去找老板包几场戏，不喝酒，这合作是谈不下来的。我和美花聊着这么一些闲话，却对隐藏在幕后未曾谋面的汪团长心生出一股敬意与好感。美花又说，汪团长这个人，做的是园林景观的生意，但是他又把他在园林景观方面挣的钱，花在了做戏上，算是个，戏班班主了。

我也奇怪，以前，只听说城里人送戏下乡，没有听说过乡下地方"送戏进城"的。说到这一点，美花就很自豪。她们这个戏班子，江西浙江到处跑，把戏做到各个地方去，大家都是很欢喜的。再过三四天，这个场子做完，美花他们就要回常山去演出了。此时夜幕降临,做戏的人从后台钻出来,走到俗世的炊烟里去。她的姐妹们,大概已经把晚饭做好了。

水边的村庄

1

黄昏时,我们从绣溪的东岸下水,满天晚霞倒映水中,如梦如幻。在徐村,水的诱惑是不可阻挡的。一江碧水穿村而过,我们在岸边的徐村小住时,忍不住就要下水去玩。登上一艘皮划艇,如一只蜻蜓站上细长的竹叶,清水无声流淌,皮划艇也悄无声息,向江中滑去。

这样美好的黄昏,千百年来,有多少人和我们一样在徐村不期而遇。

2

绣溪乃浙江母亲河钱塘江之上游。如果从杭州沿着钱塘江溯流而上,可以一路到达衢州境内。这条江宁静美好,开化段称马金溪,常山段称常山港。一脉江水,两岸青山,万亩田畴,构建出衢州大地上,一座江山如画、钟灵毓秀的山水之城。

常山县境内的这一段绣溪,又是如此独特,如此优雅。在徐村,几十棵古樟树参天蔽日,守护着一江清流。江面不宽不窄,水流不深不浅,古树不言不语,古树边的村人不急不缓。

绣溪所属的钱塘江,便是著名的"浙东唐诗之路"。绣溪所在的百里常山江,则是著名的"宋诗之河"。与这段江面相关的宋诗,有人统计过,少说也有一千首。

此刻,江水微茫,粼粼波光里,闪烁着诗意之光。

3

说话间,我们的小舟已至江心。

不知道从哪里赶来的人，纷纷下至水中，戏水的声音逐渐让江边热闹起来。而我们这一群舞文弄墨者，安静得很，只是专注地划船。划船也并不怎样擅长。有的小船在水面画着圈圈，走不了直线，也没有人感到着急。水面之上，划船去向哪里并不重要，也并非比赛着驶向哪里，舟在水上，水在江中，一切都很随意。

江中水草飘扬，有石斑鱼穿梭其间。

于是兴起，下水去捉鱼。

江中有渔网，是村民布设在水中的。叶君先跳下水，水只没过他的腰。他把那网兜从水中拎起来时，便有几尾小鱼活蹦乱跳。石斑鱼，汪刺鱼，泥鳅，鲫鱼。它们甩动尾巴，映照出夕阳的余晖。

心想，放在七百多年前，这江水中拎出的，一定是鲜活的诗句吧。这一条江上诗人们来来往往，数百年间，落下了多少诗囊文袋。

诗句落在这绣溪之中，便浸染了沉沉的水汽。诗与鱼差不多，湿淋淋的，一句便是一尾，稍纵即逝。

4

徐村的叶君很年轻,他钻到水里,又游到远处去了。

上来时,左手拎着水草,右手拎着鱼。

看得出来,这位叶君也是绣溪里泡大的孩子呢。叶君大名继强——许多年前,他外出创业,在广东、云南等地做珠宝生意,风生水起,一年入袋两百多万元。后来,怎么想到回到徐村呢,问他,他也没说。

叶君皮肤黝黑,说话腼腆,笑起来还有一丝天真气。2008年,村里竞选村干部,他年轻气盛,参与竞选,当上了村委会主任。叶君爱说实话——面对媒体记者时,他也爱说实话。他说,当了村委会主任之后,发现当干部也没有想象的风光,花时间、费精力,还耽误了做生意。届满之后,他就卸任了。

五年后,村里又一次换届,老支书觉得自己力不从心,想让叶君回来接班。

叶君心中真是矛盾。不过终归,他还是回来了,以80%的得票率当选为村支书。

上任之后,他就把目光投向了这一江清水,做了绣溪文章。

5

江上有文人——诗人李郁葱,杂文家徐迅雷,更多的还是当下炙手可热的网络作家,管平潮,少封,梅子黄时雨,古兰月。他们平时端坐在电脑前,搅动文字江湖,天下粉丝簇拥,一下来到这清寂山水之间,古道流水夕阳,四面安安静静,心情却是欢呼雀跃。如鸟归林,如鱼入渊。

数月之前,我与作家少封一起来过绣溪。那一次,我俩扑入江中畅游,追鱼儿,摸石头。绣溪水清,石头历历可数。少封说,上一次在野外溪中游泳,还是小时候,在他的外婆家。那么多年过去,记忆从沉睡中醒来,他在这里仿佛找到了外婆家的感觉。

一千年前,六百年前,这江上来往的诗人,默默地望着秀水东流,满腔诗情大概也已喷薄而出。

6

徐村往上游再走十公里,便是何家的黄冈村。

赵公鼎应当也多次坐船路过徐村——北宋亡后,大批名士随驾南渡，赵鼎也在其中。建炎初年（1127年），授端明殿学士，佥枢密院事。后来拂忤上意，被解职，于是买棹而上，沿着钱塘江一路上溯，到了常山何家黄冈的永年寺，在寺院隐居下来。

永年寺，我登黄冈山去过，那是一座山中小寺。《县志》上载，宋赵公鼎、范公冲、魏公矼曾同隐于此，可知实在是一个佳处。隐居期间，赵鼎与侍郎魏矼、大学士范冲、寺内高僧了空和尚时常在一起吟诗唱和。

扰扰今谁同此趣，容车山下两闲人。（《次韵赠了空》）

要作秋江篷底睡，正宜窗外有芭蕉。（《雨夜不寐》）

老矣羞为吴市隐，买田从此混渔樵。（《经年薪水困行朝》）

赵鼎的诗真是清新。后来赵鼎也是从黄冈出山，从落魄到升任宰相，不过五年时间，他也被《宋史》誉为"中兴贤相"。

赵鼎友人魏矼,曾任常山知县,也写了不少诗。其中有《即景》一首,也令人心生喜欢:"落日溪桥少立时,溪云归尽月生迟。溪声漏泄春消息,借问溪翁却不知。"

溪声漏泄春消息。在绣溪岸边,念着这样的诗句,便觉得诗句写的便是绣溪这样的地方了。

7

江上过客无数,绣溪可曾记取何人。

从村庄里出去的年轻人,终于又回到村庄里来了。还是要说到叶君——他张罗着,请人在江边铺起了辽阔的沙滩,金灿灿的沙滩上,排球打起来了,日光浴也有了。夏天里,又张罗了一个亲水项目,听说每天有几千人来到徐村游乐、戏水,村里一下多了几百万元的收入。

一条绣溪,给整个县城的人带来活力与清凉。

原先冷清的村庄,现在热闹极了。开饭店的村民荣军说,原来饭店生意清淡,现在天天包厢坐满。来来来,到我家饭店吃鱼啊,今天刚捞上来的大鱼,危险(非常)赞!

夜深之时,沙滩上还有露营的人。头一伸出,见到满天星斗。

8

曾在大地艺术节上,见到一座座雕塑、一件件作品,陈列在山坡上、田野里。大自然成了一座美术馆。走在徐村,也见到许多作品同样散落在河畔和稻田。

村里有了草坪。有了花海。有了荷塘月色。有了暗香飘荡。

坐在溪边码头上,使人觉得这一江秀水都是诗篇,而叶君他们都是挥笔写诗的人。江对岸,有人荷锄,有人浣衣。江这边,几位网络作家说,真想在徐村住下来。

叶君笑:"只要你有时间,徐村随时欢迎你来住,想住多久住多久。"

一下,就勾起在徐村长住的想法了。

尤其是,又想起赵鼎的一首诗,《独坐东轩》:"云山环合户深关,中有幽人竟日闲。好在窗前数竿竹,与君相伴老山间。"

会饮记

与赵统光从五联徒步到天安

我们是在一片干枯的河床上聊到南宋园林的。河是桃花溪。桃花溪从遥远山谷里逶迤而来,环抱这一片村庄。枯水季节,河床裸露,大型机械设备在河床中轰鸣工作,这是桃花溪的疏浚工程。此时溪滩荒枯,河水都去了哪里,是不是隐藏到了地下?在一年当中的某些季节,桃花溪水丰涨,你都无法想象眼前这条小小的干枯的河流,将会爆发那么大的能量,犹如一万匹狂野之兽汇聚奔来。

我们不再聊园林,这河床里的沙石被翻开,几辆卡车轮番把沙石运送到别处去。桃花溪的世界已被搅动起来。桃花溪里，短暂的一两年内，恐将不会再出现青蛳了吧？

桃花溪与龙潭溪在此汇流，两溪交汇处，有一座废弃的石拱桥。我们站在石桥前惊叹它的建造工艺。数十米跨度的河上，石桥凭空建造，没有一根柱子，只是依靠石与石的某一些角度的叠合与累加，这需要非凡的技艺。作为建筑师的赵统光，对着古石桥看了半天，这石桥根本无从计算结构力学，完全凭借石匠的经验技巧来完成。石块与石块在拱形的切面里挤在一起，它们受力越大，叠加越厉害，桥反而越加坚固。这不得不令人惊叹。

同样凭借经验与技巧存在于这个村庄的，还有一座长长的木桥。我从小上学要穿越大片稻田，紧接着是这座长长的木板桥。这桥真的长，十几节桥板相连，每块桥板由八九根木头拼接（每次读到"鸡声茅店月，人迹板桥霜"时我就想起它）——木桥现已不存，而小学校也已废弃。三十年前的小学同学，前几天我们居然见面，他如今是三位孩子的父亲。我们坐在一起喝酒，隔着三十年时光回忆起小时候的故事。小学校的屋檐下，悬挂一截三角铁。敲击那块三角铁的，有时是一把柴刀，有时是一根铁槌。李老师掌握敲击的力道与节奏——敲得又重又急的是上课铃，敲得轻而缓的是下课铃。听到又重又急的上课铃,我那位小学同学便从家中跑出,在一分钟内,他能赶在铃声消失之前坐到那张摇摇晃晃的课桌前。在酒桌上谈起这些,这位同学说要回去寻找那块三角铁。

河流蜿蜒,左岸是一大片幽深广袤的水稻田,也是我的村庄。我与赵统光沿河行走,进入山谷。这是一片稻之谷,村舍如星星般散落各处。望着这草木枯黄的景致,统光感叹这太美了。

川端康成说过,人感受美的能力,既不与时代发展同步,也不随年龄的增长而递增。有的美,只会被某些人发现。这几乎是一定的——我曾好多次走进这个山谷,走过这条道路,但是这一次感受如此不同。这是一条童年的道路——河流依旧,田野依旧;但是道路上的人已经不一样了。放在从前,还真的不一定能发现这些美。现在不同了——我们想要做点什么,让这村庄里的美好,能在这个时代传播出去,给更多的人知晓。如果他们都来看看这个村庄,以及村庄里的这片水稻田,那也很好。

我们走过一些村舍,翻了一座山,穿过大片梯田和竹林,总共走了六公里,一直从一个叫五联的村庄走到一个叫天安的村庄。田野，学校，记忆中的木桥，废弃的三角铁，鸡鸣狗叫的村庄，显得意味深长。

和万晓利深夜聊到高脚杯

聊到高脚杯的时候，夜其实已经很深了。大概是十二点钟的样子。但是大家谈兴甚浓，根本没有想要停下来的意思。四面夜色也浓。万总是在一场演出正式开始之前半小时左右，灵光一闪，想到要用几个高脚杯的。那场演出很重要，高脚杯能做出一些特别的声效。但是，听到这临时的要求，万总的女儿万畅当场就炸了——怎么不早说呢，你早些时候彩排怎么没提出来，现在要找高脚杯你不是故意给大家出难题吗，也来不及排练，万一效果出不来搞砸了怎么办，吧啦吧啦，就是这样直接怼了上去。但是怼归怼，高脚杯还是顺利地被找来了。然后，高脚杯出现在舞台上。那是一场成功的演出——有了灵光一现的高脚杯的参与，现场多了许多空灵的意境。"北方的北方"演出过去好些天了，万总重新提到那些场景的时候，他依然兴奋不已——他双手比画着叙述当时的情景，眼神闪闪发光。

当时我就想到一句话：啊，认真做事的人眼神都是闪闪发光的。

一起晚饭的还有好些人，大家喝了云湖仙境的葛根烧酒，味道不错。万总吃得少，每一个人跟他碰杯的时候他都大口喝酒，所以应该喝了不少。饭后一半的人离开了，我们就移步到了另一个空间里喝茶。喝的是老普洱碎银子。夜色温柔。万总的语调低，当别人很激动说话的时候，他总是"哦、哦"地低声回应，当他说话的时候，语速也是缓缓的，只有说到音乐的时候，他的声音才昂扬起来，充满了激情。

为什么大家叫他"万总"呢，当时我有一点疑惑。很久以后，有一天我无意中查找关于他的资料，看到网上还有人在问——答的人也是普通网友吧，他说："万晓利被叫作万总，只是他和朋友间的一个称呼。从一个酿酒厂的工人，到家喻户晓的民谣歌手，万晓利的蜕变也担当得起万总这个称呼。"

另一个回答就更有意思一些："因为他就叫万总，万晓利是他绰号。"

那个夜晚很特别，过了很久我都无法忘记，也许再过很久也不会忘记。云湖仙境民宿主人，坐在一侧烧水倒茶，他们原本也是在城市里有很好的工作，因为喜欢家乡的山山水水，才回到这故乡山野之间开办了这家民宿。万总许多年前，也是因为喜欢乡下的生活，远离了大城市，在杭州郊县的农村里找了一处居所。在乡下的日子，一定有很多寂寞的夜晚，那一定是跟城市的酒绿灯红不一样的；乡下也一定会有很多个夜晚，因为有明亮的星星和纷纷的虫鸣，而跟城市的夜晚大不一样。

那些内心坚定的人，总是能找到最适合自己的地方。这一点完全不用怀疑。

在凌晨一点多，我开车离开云湖仙境，穿过弯弯绕绕的村道（有两次甚至还迷路了，重新掉头往回走），回到自己在另一个村庄的家去。山林幽深，且魅蓝，有雾，一束车灯照着山路。大概一点半时，我到家，看到手机上万总发来的信息："……晚安。开车慢点。"

送成向阳之钱塘

向阳兄此番南下，真可谓素履以往——坐火车，穿黄河长江，过钱塘江，逆流而上至江西婺源，登山先后摔四跤，跌跌撞撞兜兜转转之中，过开化，至常山，考察"父亲的水稻田"，夜宿稻之谷，再顺水而下，穿衢州，过龙游，经建德桐庐富阳至杭州，到我常去并写在《素履以往》一书中的开化菜餐厅，品经典菜式，吃鸭头、清水鱼、肉圆等，而后赴火车东站。

让我再往回说——此前一天，成向阳背着一个大包，从火车站往外走，我已经在寒风里等了十几分钟。常山火车站是个新站，也是个小站，人流并不多，坐火车来过这个小站的作家更不多，成向阳成为其中不可多得的一位。他背个大包，戴副眼镜，站在出站人群的一边，开始上上下下地翻口袋。火车站的出口处，是个疫情防控的卡口，要测体温，看健康码，看行程绿码之类的，然后我就看到，成向阳站在那里翻口袋，直到他后面的所有人都走光了，他还没有走过来。

我在栅栏外面，看着他的样子，就忍不住笑起来。

开车带上向阳径自去了家里，穿过一整个县城。那顿晚饭是我下厨烧的。一锅鱼。四只螃蟹。有没有烧我最拿手的红烧肉，我现在已经忘了。毕竟几个月过去了。应该还有一个蔬菜。那天我们喝了不少白酒。因为吃完饭天都已经黑了，就没有去稻田。一切都很随意。我们两个人坐在一起喝酒聊天，就好像两年前我们一起坐在鲁院的宿舍里喝酒聊天一样。

第二天清晨他早早起床，去了水稻田。收割过后的田野一片清寂。我邀请成向阳有机会来插秧。一季一季，春夏秋冬，田野里的故事大略相同，几无差异。此时我们踏实安稳地站在田里，我给他拍了一张照片。然后，我们出发，从定阳一路奔赴钱塘。

与少封在海底生物化石前

总有一些时刻，内心会充满忧伤。

我与少封一起站在一块化石前，我们面前是一块"贵州龙"化石。贵州龙是一亿多年前、两亿多年前的水生爬行动物，生活在海洋里。一亿多年、两亿多年过去，它们现在出现在我们面前，尽管它们沉默不语。

在中国观赏石博览园里，石头很多，最动人的是化石。比如一楼有一面墙，墙上有几百个海百合的化石，那海百合乍一眼看去，还以为是荷花。灰黑沉静的颜色，是两亿年时光堆叠而成，让人凛然正色。

我和少封曾一起去东北漠河，后来我有事先离开，少封他们则去了一个村庄，在寒风瑟瑟中看见满天星斗。星星也是古老的事物。这次看见的贵州龙跟星星一样古老。我跟少封说，这条贵州龙说不定是在等你，穿越了两亿年，来等你。你来到这里，站在这个博物馆里，与这条贵州龙对视一眼，说不定，它就活了。

少封是网络文学作家，一个网络文学作家，与一条贵州龙邂逅，一定是有原因的。现在他们就在此刻相遇了。奇妙的变化正在发生。人与人的相遇也是如此。很久以后，我一直记得那一次与贵州龙相遇的场景。我们一群人走进赏石小镇，走进一座布满石头的博物馆，阴差阳错地站在一块化石前。是这样的。人与人的相遇也是如此。有的人见过一面，转身之后就相忘于江湖；有的人见过一面，却能长长久久地留在心里。

后来我们又去了一些地方，比如招贤古渡，一个在漫长的时光里遗落了无数唐诗宋词的古老码头。我们去的时候，一千多年前的诗人们早已经离开，只有几个小孩脱光了，跳进河中游泳。我们捡起一些薄薄的石头，像从前的诗人一样，朝水面打起水漂。

但是我一直记着那个场景——我们站在一块化石前，昏暗的博物馆里留下两个背影。一束光打在化石上，贵州龙沉睡在石头当中。过去很久，我还坚信那条贵州龙会醒来。说不定就是明天，那条贵州龙就从石头的束缚中脱逃而出，粗心的博物馆工作人员根本不会觉察。

总有一些时刻，内心会充盈一点意外的欣喜。

如果贵州龙事件真的发生的话，知情人只有两个。如果我不说出来，少封应该也不会说。就让那条贵州龙逃走吧，逃过中间的两亿年，进入2021年。这是一件值得欣喜的隐秘事件，也请你，不要说出来。

跟汪团长在塔山脚下喝一杯咖啡

汪团长办这个剧团，一开始是为了他老娘。老娘喜欢看戏，喜欢了几十年，他老爸在国民党手上当过保长，家里就常常做戏。还有他外公，扮过老生。所以汪团长对做戏有情结，后半辈子他接手来当这个越剧团团长，可以说，是早已注定。

汪团长是砚瓦山人，本地人都知道，砚瓦山点石成金，20世纪80年代村民个个出去跑市场，卖石头。杭州苏州，温州广州，哪里有钱挣就往哪里跑。为了做成一单生意，硬是等在大老板门外，一等就是三四天。生意就是这样一点一点做起来的。汪团长家里，他买一台电风扇，又买一台电视机，都是全村最早的。那时候，买个西湖牌黑白电视机，都还是凭票才能买哩。

我和汪团长坐在塔山脚下喝一杯咖啡。汪团长这个人，话不多，我问一句，他答一句，好在他喜欢喝咖啡。其间有几个朋友大呼小喝找过来，都是找汪团长喝酒的，或者找汪团长排戏的。汪团长接下来很忙，他要把一场一场戏安排出去，有的安排在村庄的大礼堂，有的安排在露天的广场上。台子搭好了，锣鼓响起来，村庄里的老老少少就汇聚过来了，大家坐在台下，汪团长站在人群之外，放眼一望，观众里还是白头发居多。

汪团长开了园林公司，从园林公司挣的钱，有一些就贴在剧团上。搞这个剧团不容易，但是汪团长开心。有钱难买是开心。汪团长搞剧团，辛苦是辛苦，也挣不到钱，但是汪团长觉得自豪。另外,汪团长自己说的:"老娘过辈以后,每次看到舞台下那些头发花白的老人家,也觉得是自己老娘一样。"

与王二狗上石硿寺寻方丈饮茶而不遇

任何事物都有它自己的发展规律。我和王二狗约好同上石硿寺这事也说了好几年,一直没有成行。王二狗乐呵呵的,从前是屠夫,抽烟饮酒,心性仁慈,现在还在菜市里卖猪肉,有时跟人打牌,十打九输。前不久跟我联系,说上石硿寺这事还作数吗,下午去走走。

我们一起走着去石硿寺时,阳光铺洒大地,甚是暖和。两年不见,王二狗还是一样的淳良,我说是不是最近打牌输得比较多。王二狗看着我,笑了,连连点头说"是是是",又说这不是快过年了吗,换换手气,说不定能从老婆那里赢点钱回来。

石硿寺是小城香火最旺、名气最盛的寺庙。十几年前,我曾去过,那时城市建设还没有如此这般的铺开,道路也没有这样的平坦开阔,一路去石硿寺,颇有点山环水绕的样子。弯弯绕绕，峰回路转。山一程，水一程，泥泞路走一段，沙坑路走一截。这样，才有点儿去寺庙的感觉。这回和王二狗一起去的时候，没有走几分钟，却已就到了山门外。路太宽阔太平坦了，房地产公司开发的高楼几乎就在寺庙外的几百米处。人入寺中，城中世俗又美好的生活却略无遮蔽，可无缝对接。我跟王二狗说，遗憾，遗憾——路太直了。

雍正《常山县志》里提到："石崆寺，一名华严庵。在县西南二里。国朝顺治年间，僧立涛建。"嘉庆的《县志》也记载："石崆山：在县西南二里。山多怪石，倚伏参差，巅有石洞二，其一通白龙洞，其一不可入，投以石，声响甚远，或谓山石皆空，故名。"这个"崆"字，很多时候也写作"硿"，本地人讲话发音为"hong"，石硿山讲出来是"夹轰山"，这还是有一点古意的——山也空，石也空，大音稀声，遥遥致远。

上石硿寺，本想是去找方丈饮一杯茶。但是方丈不在。我的朋友朱孙国是年轻的根雕艺术家，他为寺庙制作了不少坐榻桌案，斋堂的桌椅也是他做的，家什样子极是敦朴厚重。我和王二狗在几张椅子上略坐了坐，定了定神，然后在寺中走了走。寺中几棵大树，历尽沧桑，遮阴蔽日。大樟树的根上布满苔藓。树干上长满蕨类植物，好像是鹿角蕨还是什么。总之，苍翠的样子，很好看。

在寺中走一走，出得山门来，看到手机上一位友人发的朋友圈，说在新开的茑屋书店，读一本王小波跟李银河的书信集，读得泪流不止。我想，每个人在世上，都有无尽的烦恼，而贪嗔痴慢疑，是烦恼丛生的缘由。要怎么样才能去除这些烦恼，每个人，自有每个人的修行。我看看王二狗，王二狗看看我，两个人都不说话，只是走路。我忽然想到，不妨可以，向王二狗同志学习。

听见万物在歌唱

你还记得童年的歌谣吗?

还记得几首?

深夜人静的时候,我偶尔会想起小时候的童谣——已许多年没有听到过了,它们早已随风飘逝;不仔细回想,已经记不清晰。有的即便用力回想,也记不得了。

只有一首童谣仍记得清晰——

狗子汪汪,
阿公来了。
鼻涕浪荡,
阿公卖盐。

这几句话用我老家的南丰方言讲出，更显古意盎然。朴素的乡间农人，在田间俯身劳作，偶尔直起腰来，就说出这几句话。篱边挥锄种菜的人，村道上跑过的小狗，肩上挑着担子、腰上缠着手巾的外公，欢呼着跑出来迎接外公的稚童，一幅幅《诗经》一般的画面，都在这一首童谣里了。

这首童谣，我曾向常山讲南丰话的朋友求证，好多人很茫然，似乎是从未听说过。向其他朋友询问，同样无人知道。我搜集的几本童谣书里，也不见收录，譬如1970年至1980年间，由娄子匡编纂《东方文丛》的《国立北京大学中国民俗学会丛书》，收书一百八十种，其中有顾颉刚《吴歌甲集》、娄子匡《民间》月刊、董作宾《看见她》、薛汕《金沙江情歌》、雪如《北平歌谣集续集》等，都不见踪影。后来买的中国社会科学出版社2019年9月出版的《浙江童谣全集》一书，也未见收录，甚为遗憾。

夜深时候，我想起那些远去的童谣，就想，要是能编选一本中国大地上的美丽童谣，该多好。这个想法冒出来，我就找到了朋友木也商量。木也在广东的中山大学任职，是儿童文学作家，诗歌也写得很好，一听这个想法就说好啊好啊，她恰好也极是喜欢童谣童诗之类。于是二人一拍即合。

张昭摄影

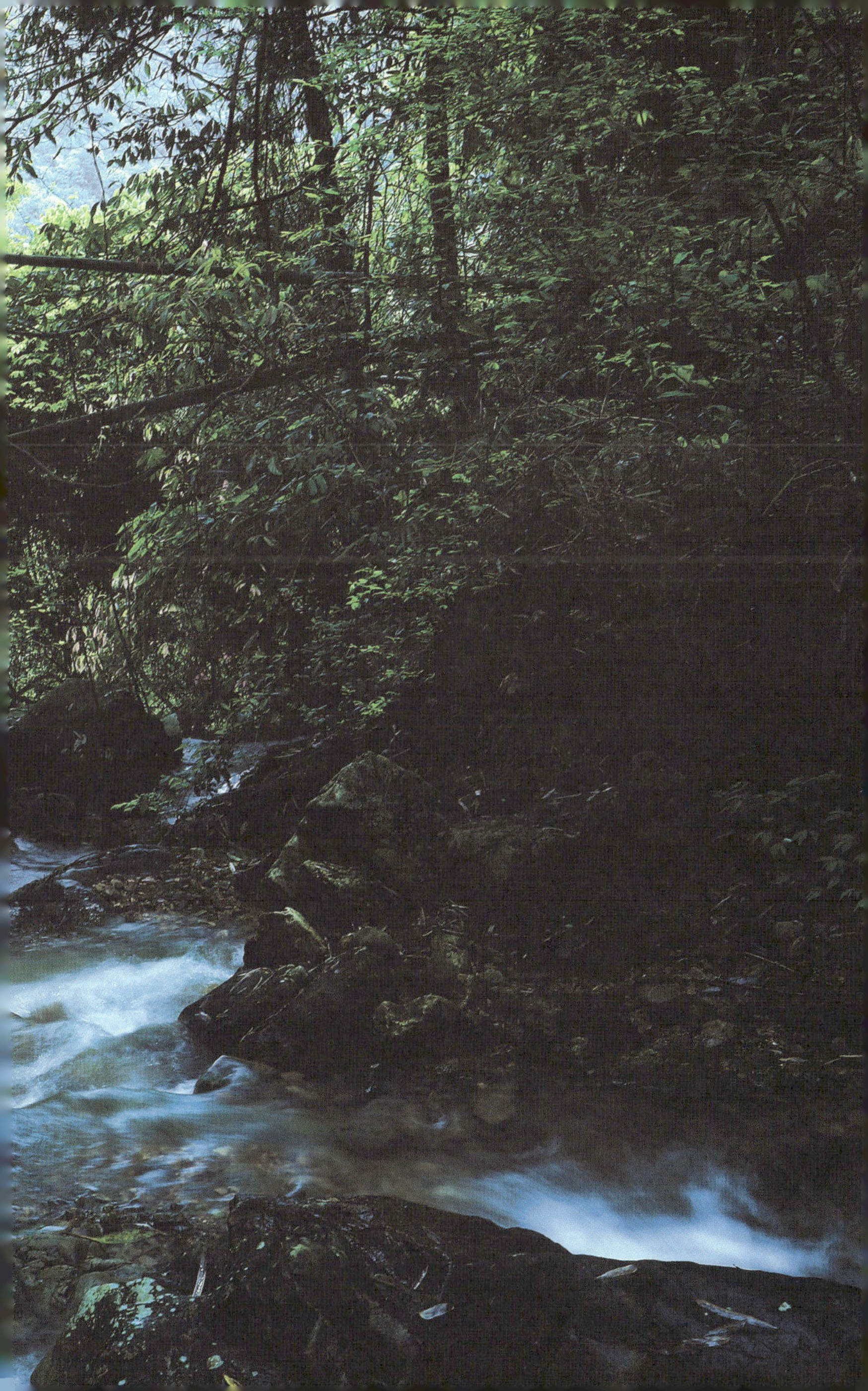

就这样，几个月后，木也搜集整理了中国大地上流传的一百首童谣交给我。我又找到了多有合作的画家金雪，后者推荐了她女儿许可葭的画作。许可葭从十来岁开始，就站在画桌旁看妈妈画画，那时，她只比桌子高一头。妈妈画余多出纸头边角，就给可葭随意涂抹。小孩子的笔触稚嫩生拙，却另有一番新鲜与灵动。编选童谣集时，那些画让我非常欣喜。于是我把文图配合好，又做了深入策划，有了《读一首童谣，让时光倒流》一书，并于2019年7月在广西师范大学出版社"雅活书系"中正式出版。

书中那些经典童谣，纯净而美好、诗意又温暖，简单的字句，读来却能唤醒每个大人心底沉睡已久的童真。所以我说，好的童谣，真的不只是给孩子们读的。

后来，木也再接再厉，继续编译了二百首世界经典童谣，我们继续合作，我把书稿策划后交给了人民文学出版社，出版了《万物在歌唱：世界经典童谣精选（英汉对照版）》上下二册。这套书，邀请到年轻插画师管莹参与绘画，设计出来简直是美极了。那些童谣也天真活泼，富有意趣，每首童谣都是一首美丽的诗。譬如这一首阿根廷童谣《大蜥蜴和小蜥蜴》——

大蜥蜴和小蜥蜴，

一起去晒日光浴。

夏天太阳当空照，

冬天大地像冰窖。

如果天是灰的，

它们哪儿也不去，

如果天是蓝的，

它们跑进露水里。

童谣里面有很多很大的一个世界。木也说，不同的花草有不同的语言，不同的小鸟也有不同的语言。世界上的人们，用不同的方言，不同的语种，说着叽叽喳喳的话。天底下不管什么肤色的孩子，一开始的语言是相通的，都是咿咿呀呀。等到长大了，语言才形成了隔绝，也形成了遗忘。

不同国家地区的童谣，就像小鸟的语言，婴儿的语言一样，能够跨越时间、国籍、种族而通向心灵的深处，因为它们说出了人类最具有灵性的话语，唱出了人类最初最纯粹的感情。

这些童谣让我心生感动，爱不释手，它唤醒了我对于童年与故乡的最初记忆，也让我萌生去捕捉最初面对这个世界时的敏感与天真的冲动。在这个世界里，万物芬芳，而且它们还在歌唱。

前几天，我跟常山朋友吃饭，聊起了自己童年时喃喃唱过的童谣。我说，有机会的时候，可以发动大家一起去搜集、记录和整理当地的童谣。那会是一件十分美好的事，也是意义深远的事。

歇脚之地

有天翻舒国治《门外汉的京都》,读到一段话:

> 我想去一个地方玩,却是坐下来的时光多,行走的时候少,有没有这样的好地方?——可不可以只是以这些佳美寺院肃静神社为我身背的屏风,以这些春天的樱花秋天的红叶作为我无尽的想象,而我人不用再一座座地名刹进(事实上我也都去过了),一处处地庭院赏,只是淡淡地点缀一下,却花较多的时光坐着,放松腰腿,品尝咖啡,休养身心,谈天说地,聊聊天,而它的古都、它的美、它的幽清洁净,我全沾染享受拥有了。

这样的地方是在哪里呢？咖啡馆，茶馆，书店，凉亭。凉亭——不用说，以前都是建在路上的。有人打大老远的地方来，走到半道口干舌燥，终于见到一座凉亭，便可以坐下来歇脚，此时若恰好还有好心人在此施茶，咕嘟咕嘟地喝下两大碗去，真叫一个沁人心脾。现在凉亭呢，路上已不多见，后花园或街心花园偶见，那都是纯粹只作景观来建造，几乎没有什么实际的功用。

一个地方，咖啡馆、茶馆或书店的质量，几乎就代表着那里旅行生活的水准。如舒国治书里所说，现在的人，去一个地方玩，不再是走马观花到处打卡了，很多人会希望找一个安安静静的地方坐半天。去京都，当然是随便推开一家咖啡店的门，就可以坐下来了。京都的咖啡店真多，三步一家，五步一店，巷弄一转角有一家，小桥边上又有一家。舒国治说："金黄光晕咖啡馆，如同小型的灯塔，温暖了旅人的心。"有时候，我们对于一个地方的好感，正是从这样安安静静的小店开始的；以至于，我如今对于一座小县城是否真的具有某种"品质生活之美"，也是从这样的小店开始的——咖啡店多的小城，就有安宁温暖，张驰有度，有年轻人的活力，也同样有休闲的美学。遗憾的是，有的地方，跑几条街也找不出一家像样的咖啡馆，令人徒叹奈何。

没有安静的咖啡馆，有几家清静的茶馆也是好的。但要知道，茶馆比咖啡馆的档次要求更高一些。街边一个局促的角落，开一间小小的咖啡馆没有问题，若是要开一家茶馆，则必须要有很大的空间方才腾挪得开。茶馆对于地方是挑剔的，对于老板更是挑剔，弄得不好，那茶馆就走了样，做得不伦不类；茶馆对于顾客也比咖啡馆更为挑剔。我在小城闲逛时，为没有一家好的茶馆而遗憾，也为没有像样的小咖啡店遗憾——不信你可留意一下，哪个地方的咖啡店多，那里的年轻人也一定更多，对生活的品质会更加讲究。

书店，也是检验一座城市居民精神生活水准的标尺。不是有宽敞的地盘，有崭新的装修，就一定是好书店。书店最难是选品。去一个地方的书店看看，观察一下书的选品、陈列，就大致知道这是不是一家好书店；是小县城书店，还是市区书店，还是省城的书店；是传统综合性大书店，还是独立书店。这也没有办法，书店是藏不住的。就像一个人的书房，轻易不能给外人看，一看就暴露隐私。书店，也是如此。

有次我到某小城，中午吃了一碗面，然后想找一个地方坐一坐。街头转了半天,咖啡馆,茶馆,书店,转了一遍都没有目标——总不至于去公园找一个凉亭枯坐吧——后来只好给在文联工作的朋友打了一个电话,然后,去他办公室喝茶(打扰了他计划中的午休)。我隐隐觉得,这是一座地方,对旅行者不太友好的表现。很希望这种小小的歇脚之地,慢慢地多起来。

田野上的风

1

我十三四岁的时候,可从来没有想过有一天居然会回到稻田里来。我只想离开它。

暑假里,一年当中最炎热的时候,知了在树上叫得有气无力,听起来像是被热晕了。门外的阳光白花花的,刺伤人的眼睛。我们穿上硬朗厚实的长袖工服,跟在大人屁股后面,走向我们家的水稻田。

田里有一大堆农活在等待着我们。首先要把成熟的早稻收割完。收割稻子是令人感到疲惫不堪的事情,别的不说,单是踩着打稻机脱粒,就要耗费所有的力气与汗水。更别说稻谷的细芒粘在身上，让人浑身上下都觉得痒痒。等到早稻收割完，又要赶着在一个星期内翻耕土地。耕田佬赶着牛来了，人和牛密切合作，把一块稻田的土地都翻了过来，整块的泥巴被翻转、切碎、揉细、搅匀，直到整块田畈变成一锅稠粥。我们疲累的筋骨还没有得到舒缓，就要立即回到水稻田了，因为还要插秧。一棵一棵，一棵一棵，一行一行，一行一行。我们要把那小小的水稻秧苗，插遍整块水稻田，直到整片水稻田被小小的绿色全部铺满。

这是十多岁的我，每一个暑假里都要经历的故事。跟村庄里别的孩子们一样，我无比讨厌稻田，也无比讨厌暑假。

我想，要是没有暑假就好了。

我也想，要是没有水稻田就好了。

我们的小学校，就在三里路外，一条河的那一边。每天上学放学，我们都要从广阔的田野中间穿过。春天闻着油菜花的香，夏天看着水稻生长，秋天听见稻浪翻滚，冬天看见田野被白雪覆盖。这就是我们的村庄啊，是我们从小长大的地方。

母亲说，你们啊，要好好念书。好好念书，长大后就不用再种田了。

于是我们不再吭声,只是埋着头,一笔一画地写作业。作业本上的字,写得格外工整。

2

后来我考上了大城市的学校,留在了大城市工作。嗯,终于不用再种田了!

当我又一次回到村庄的时候,我却发现,我们的村庄正在变得陌生,变得连我们自己都不太认识了。

"青箬笠,绿蓑衣,斜风细雨不须归""牧童遥指杏花村""朝耕及露下,暮耕连月出"……我们小时候念唐诗宋词,觉得这才是我们中国的农村,是我们江南的农村。

但是现在,这些情景好像都见不到了。

我三十多岁的时候,回到村庄里,发现整个村庄都找不到一头牛了。以前每到春天,人和牛一起,在田野里劳动。如今不仅牛消失了,人也渐渐消失了。田野里见不到人影,大家都进城打工去了。

村民们离开祖祖辈辈熟悉的土地,转向陌生的城市和工厂谋生。因为如果死守着自己的一点土地,哪怕洒下无数汗水，却依然换不回足够的收获。

如果还有人在继续种田，就算是能种出很好吃的萝卜、青菜或大米，他也不会觉得骄傲。

我决心回来种田，跟着父亲一起种田。

跟我一起回来种田的，还有几十位城市的朋友们。我发起了一个文创项目"父亲的水稻田"，邀请城市人回到土地，跟我一起劳动，一起收获。

同时，我要记录一整年耕种水稻的过程，让城市里的人们知道，种田是一件多么不容易的事情；要让城市里的孩子们知道，每一粒米饭，都应该珍惜；每一个人的劳动，都应该得到尊重。

我也没有想到，这个活动居然那么受欢迎。水稻田里的那些农活儿，不要说孩子们，就是很多城市里的大人，也都没有体验过。他们站在水稻田里，站在土地上时，脸上全是开心的笑容。

我们的大米卖到三十元一斤，后来卖到五十元一斤，还供不应求。因为只有预订了大米的人，才能有资格跟我们一起来种田。

当然，我们一起来种田是充满乐趣的事，劳动之余，大家还在稻田里办起了摄影展、绘画比赛、油画展；我们在稻田里一边收割稻谷，一边共同完成一件叫作《TIME》的艺术作品；我们还把各自的体验，用文字写下来，刊登在报纸上，出版一本又一本的书。

这些年轻的种田人，在没有农事的时候，还一起结伴旅行。我们去沙漠，去野营，甚至一起去日本，到人家的水稻田里去参加稻谷收割，还去参观人家的艺术展。

水稻田不仅仅只是纯体力劳动，我们在这里还体验到了精神的审美，享受到了劳动的快乐，更享受到了创造的乐趣。

3

每一件看起来简单的事，其实都不那么简单。

要把一件事情做好，需要刻苦钻研的精神和踏踏实实的作风。有一次，我来到中国水稻研究所位于海南陵水的南繁基地，去采访一位搞水稻育种研究的科学家沈博士。沈博士一年有两百多天，都在水稻田里。他为了培育出好吃的"长粒粳"大米，数十年如一日，埋头做育种研究。我在水稻田里，陪着沈博士一起工作，晚上采访他的故事。后来，我写了一篇文章《与一株水稻对视》，发表在了《人民日报》上。

我在老家种水稻的故事，被很多很多新闻媒体报道，其中就有中央电视台、新华社。中国水稻界著名科学家袁隆平院士，有一次专门为我们五联村题词："耕读传家"。

另一位水稻科学家、中国工程院院士钱前，也带着几位同行来到我们的水稻田，和我父亲亲切地握手，肩并肩站在一起。钱院士的团队，研究成果发表在国际一流的学术刊物上——他们鉴定了一个水稻突变体，这个突变体，跟水稻的花有关——不知道你有没有认真观察过水稻的花？我们在古诗里读到过，"稻花香里说丰年"，其实每一朵水稻的花，会结出一粒稻谷。想想看，我们手中的一碗饭，有多少朵稻花？

一株水稻有多少穗数，每穗能结多少粒谷子，每粒谷子重量多少，是考察水稻产量最重要的因素。那么，每个穗上，有多少朵稻花，就决定了每穗能结出多少果实。正常的水稻，每个小穗由两对颖片、一朵可育小花构成。——这些术语，是不是太专业了？好吧，简单说，钱老师的团队，就在那朵小花之外，发现突变体的小穗还能在护颖内发育出另一朵完整的小花，并且，结出了正常的种子。可以说，这个研究为水稻高产分子设计育种，奠定了基础。

我的父亲，是中国最基层村庄里的一个普通农民，几十年种着水稻，却并不懂得水稻背后的科学奥秘。他也不知道，有那么多顶尖的科学家，都在为着一口粮食孜孜不倦地工作。

现在，父亲与中国水稻界这些顶尖的专家们站在一起，他的脸上，也绽放出自豪的笑容。

4

现在我最喜欢做的事，就是傍晚回到水稻田，在那里看夕阳一点一点落下去，红蜻蜓在稻田上空飞舞，一颗一颗晶莹剔透的露珠，悄悄爬上水稻的叶尖。

我把这些细微的感受，都写进了文章里。

这些年里，我一边种田，一边写了好几本书。第一本《下田：写给城市的稻米书》，是献给村庄、土地，也是献给父亲的，我记录了整个水稻种植的过程。后来又写了

《草木滋味》《草木光阴》，后来又出版了《一饭一世界》（修订版）。去年8月，新书《一日不作，一日不食》也出来了。这本书一出来，我就接到杭州某学校的小学生朋友给我写信，说这本书写得太美了。因为她从这本书里，重新发现了稻田的美好，发现了农村的美好，更领悟到了劳动的美好。

对我来说，我现在有两块水稻田，一块在土地上，一块在人心里。

写作，就是我耕种人心里的那块水稻田。

我现在也觉得，码字跟种田，真是没有太大不同，都是面对大片的荒芜与空白，耐耐心心地一棵一棵地种下去，经历漫长的重复的劳作，然后一粒一粒地收回来。我还觉得，任何一种劳动，只是分工不同而已。因为每一份工作都可以做出成就，做出自豪感来。

在这个年代，依然有很多笨拙的劳动者。比如，一个绣娘可能要花两三年时间才能绣完一件作品。一个篾匠终其一生也做不了一万个竹篮。一个农民，一辈子又能插多少秧。一个水稻科学家，埋头在那些水稻中间，悄悄地，头发白了，背也弯了。

是啊，不管时光如何变换，他们依然是最美的劳动者。现在，我要大声为他们唱颂歌，表达内心最真挚的赞美。

现在，我们也成了他们中的一个。

每一次回到水稻田，站在水稻们中间的时候，我内心很踏实，也很宁静。尽管眼前的水稻被大水淹，被日头晒，被虫子吃，也遇到病害，但是一季一季，水稻们都会义无反顾地走向成熟。我一次次来到水稻田，就一次次地想起那些为数不多的，还留在田里耕作的农民，我觉得或许他们才是对的。

是的，这世上总有些事，是留给笨拙的人。如同水稻的生长，缓慢却执拗。

站在田埂上，吹着田野上空的风，我觉得自己仿佛重新回到了十几岁。田埂上站着一个乡村少年。

卷四　上座

他们并不知道,
自己空着的手里盛放了好多东西。
　　——辛波斯卡《万物静默如谜》

食辣指南

第一撮辣

那天朋友请客吃饭,席间有一位苏州商人,宴至半程仍然不置一箸。众人奇怪,问怎么回事。他长叹一声,这些菜太辣了!张罗饭局者一拍脑袋,方才恍然大悟,连忙令后厨炒几样不辣的菜上来。

常山菜的特色就是辣。不辣岂是常山。综观江浙沪包邮区域内,说衢州人最能食辣,应该没有任何异议。衢州辖下柯城、衢江、常山、江山、开化、龙游诸县区,皆是善辣之地,而常山可谓辣冠全市,大可服众。

衢州作为一座古风犹存的山水之城,食辣也是古来有之。"清代中后期，辣椒在中国的传播，奠定了中国的食辣版图，自嘉庆至同治年间，辣椒在中国西南山区迅速扩散，如今中国吃辣比较多的贵州、四川、湖南、云南、江西都在这一时期开始食辣。"（曹雨著《中国食辣史》）衢州食辣的普及，当也在此一时期。

以往有人认为，山区湿气重，人多食辣以祛湿防病。这当然只是一种说法。更客观的因素可能是，云贵川湘赣等地山区食盐比较缺乏，辣椒代盐，用以提味增鲜。辣椒对于味觉的刺激作用十分明显，一碗白饭，只要一小勺辣椒酱佐之，便能使人胃口大开，吃得甚是过瘾。久而久之，味蕾的阈值提高，对嗜辣者来说，没有辣，全世界的美食都将失去意义。

辣的席卷天下，在近一二十年中更为明显。辣椒在食物的味觉江湖中攻城掠地，如今已征服中国大多数人群的味蕾。曾经见辣惊心、闻辣涕下的苏杭粤港等地年轻人，对于辣的接受程度越来越高，许多人已然是无辣不欢。去看看就知道了，上海、杭州、苏州等传统意义上不吃辣的城市，如今川菜馆、麻辣烫也是遍地开花。辣的流行，几乎是伴随着火锅这一种汆烫式的都市社交饮食生活同时展开的——大家

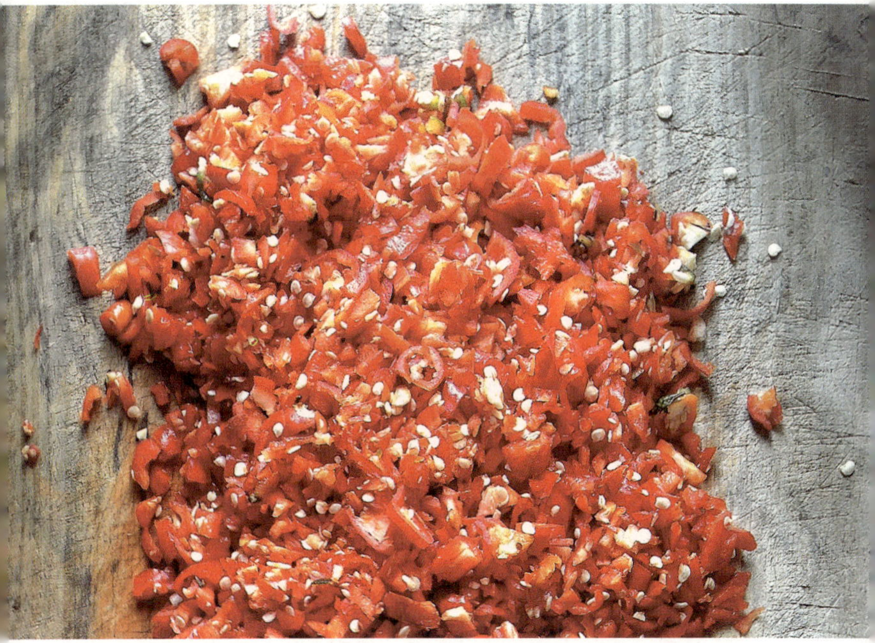

围着火锅一边涮肉吃辣,一边热烈地喝酒交流,可以想象,一个不吃辣的人,将会多么难融入这个社交场景啊。

辣的流行,是伴随着信息、物流技术革命与海量人群迁徙而发生的饮食变革,是一次中华文化的大交融,也是一次古往今来的味觉大洗礼。在这样的交融与洗礼中,我泱泱中华民族十几亿人群的味蕾,正集体朝着热烈奔放的方向不可逆转地进化。

此时此刻,那位苏州朋友坐在一桌辣菜旁边,其六神无主之尴尬情态可以想象。放在三十年前,我家乡人到杭州,到上海,三天之后,心中必然会涌动着一种漂泊在异乡的强烈乡愁——到处吃不到辣,这日子没法过了!他们觉得自己无法融入都市生活。只有转身回到常山小城,才能如鱼得水,身心自由。这导致我的家乡人每次出远门,必须在行囊中装上几瓶辣椒酱才踏实,他们的这种行为在被嘲和自嘲的同时,依然固执地坚守着,决绝地在自己与城市之间划出一道界限。

现在我的乡亲们欢欣鼓舞地发现,出门再也不用在行囊中装辣椒酱了。不管在什么城市只要走几百步一定会有一家辣菜馆。他们感到自由畅快也感到无比自豪。辣的文化具有一种强势性，连带着让吃辣的人都具有了某一种心理上的优越感，仿佛是在一场饭局中，早早就来到现场并且占据了重要席位的客人。你来晚了，只能略带尴尬地落座末位。曾经食辣者作为"山里人"的自卑心理已经被完全消弥——辣卷天下，不能吃辣的人如今已成为弱势群体。"啊，这一点辣你都不能吃吗？"在座的人纷纷投来同情的目光，那目光里还携带着少许爱莫能助、哀其不幸的含义。

于是，在这样的食辣社会大背景下，常山人无比自豪地喊出一句口号：不辣不是常山菜，不（食）辣不是常山人。

第二撮辣

纵览中华辣椒地理，可以发现常山的辣独具神韵，独领风骚，自与别地不同。

我以为，川之辣，在麻；渝之辣，在油；鄂之辣，在干；赣之辣，在香；湘之辣，在烈；云贵之辣，在酸；东北之辣，在辛。而常山之辣，特点何其鲜明也，便是一个"鲜"字。

有人考证常山人来自中原，常山的饮食密码中，隐藏着北人的大气与豪迈。常山也位于浙西江南,在悠久的历史长河中,物产丰饶的鱼米之乡,让常山的饮食风格浸润了江南的清丽与柔美,口味上也愈加讲究细腻和鲜美。南北饮食之风在此交融激荡,造就了常山味道里独具特色的鲜辣风骨。

鲜,来自食材的新鲜、应季、自然、本真;辣,来自辣椒中隐藏的火焰。鲜辣之精髓,在于辣而不掩食材本味,辣更彰显丰富饱满的味觉层次。这种鲜美的辣意,并非辣赤裸裸独霸天下者,乃是辣的催化、点睛、晕染、陶醉,是辣与其他味道的共鸣与交响,是热辣辣的常山人胸腔里那热情、开放、友好的人情温暖。

说来说去,常山菜到底有哪些特色菜?几年前,常山举办过一次烹饪大赛暨"十大碗"评比活动,报纸上隆重刊登候选菜目,最终评定十道菜,曰"定阳猴头肴""茶油拌葛皮""野山葛炖野水鸭""一鸡两吃""柚乡妙仔排""苋菜煲"等。大概这些菜并不具有典型性与普及性,时隔数年,县餐饮协会再一次组织评选,评定常山"十大碗"经典菜品,分别为——常山将军鱼、定阳猴头菇、球川豆腐干、龙绕泥鳅煲、三衢进士面、章舍金瓜酱、墨鱼炖土鸡、菇鳝炒粉干、柚皮炒羊肉、古县蒸肉圆。这十个菜之中,无一例外，点缀着红绿辣椒，辣味构成十个菜式共同的灵魂与精神。

这十大碗之外，还有一个"金牌菜"系列，譬如有一道菜叫"红红火火"，是一碟小菜，制法是将鲜红肥美的红辣椒洗净，晾干水珠，去籽去筋，切成小丁，放入盐、蒜、姜及少量的白醋，一同搅拌，腌制片刻即成。这款腌辣椒，是夏令常山人民的开胃小菜，佐饭，下粥，都堪称妙物。七八月间的午后，我经常自己下到菜园之中，摘取最为新鲜的辣椒，自己做一碗腌辣椒。我腌辣椒，必须还要加一大勺白糖，并非是为抑辣，只为提鲜。闷热平淡的日子里，这一碗腌辣椒绝对是点睛之笔，傍晚配以一大碗白粥，光着膀子坐在门前呼啦啦地吃，那叫一个过瘾。我没有想到，这一碟腌辣椒小菜，亦能列入"金牌菜"系列，不禁对评委们的品位刮目相看。

常山的特色小吃"贡面"，亦一定要辣才好。这个贡面，本地人叫作索面，索面之为"贡面"，是因宋太祖皇帝赵匡胤喜食此面，常山人年年要把最好的面送进皇宫。这一碗小小的面，也俨然有了皇家的身段与气派。而今之贡面，在常山的普通人家，也是隆重的出场，是淳朴而热情的待客之道——正月初一清晨,一家老小都要吃一碗长寿面,必是贡面;接下来亲朋好友上门拜年,才歇了脚,灶间就煮下了面条,不管你早饭吃得多饱,或这时离中饭有多近,不管,必先上一碗面条再说。

另外,毛脚女婿新上门,手脚不知道往哪里摆,话也说不利索,这一关能不能过,心里七上八下。看到一碗热气腾腾的面条端上桌,心里的石头哗啦落地——这事儿,八成有戏。因为,未来丈母娘端上的这一碗面条啊,大有玄机——这碗面,端上桌来,油汪汪,热辣辣;绿的香葱,红的辣椒,<u>丝丝缕缕的细面</u>,颜色好看极了;在那面条之下,居然还藏了六个"子鳖"(荷包蛋)。给毛脚女婿做出如此用心的一碗面,丈母娘还能不满意吗?她坐在你对面,慈眉善目地看你吃,你越是吃得欢畅,吃得人稀里呼噜,额头冒汗,她就越是看在眼里,笑在心里。

第三撮辣

天下之大,哪里没有烧饼,哪里人不会做烧饼?但常山烧饼,还是跟别处的不一样,常山烧饼尤其辣。

面粉，要揉透，揉出筋道，揉出韧劲，这样做烧饼，皮儿可以很薄；馅儿，也有讲究，一定要五花肉。肥瘦适中的五花肉，马蹄刀嗒嗒嗒嗒声声响，两把菜刀翩翩飞，砧板上的肉，不多时就细细切碎了。倒笃菜，和着肉，继续切碎，拌匀。这就是馅儿，普通，且平凡，无甚特别。但就是一个字，鲜。然后，再放一把小葱。接着，也放一把辣椒，一把不够，就再来一把——这是辣椒面，也就是晒干之后碾碎切细的辣椒。在常山人看来，烧饼一定得是辣的。

常山的包子也一样，没辣椒的包子，那是外地包子。常山正宗好吃的包子和烧饼，有辣，必须的。

外地人到常山，如果没有思想准备，一般难以接受包子是辣的这个事实。有人住酒店，早上吃自助早餐，看了几样特色小吃，发现醋糕是辣的，贡面是辣的，看见包子很开心，觉得可以大快朵颐。结果一口下去，辣出眼泪来——几乎是委屈得掉泪——走南闯北这么久，包子里埋藏着催泪辣椒还是第一次听说。给人家服务员提意见，服务员极是诚恳，一边道歉一边说，我们这儿不辣的只有馒头。

再说回烧饼。常山人也是喜欢面食的，主要还是因为常山人有着一部分北方的基因。面食也有很多种做法，烧饼是街头巷尾的常见小吃,也是烟火日常里的本地特色。你到了常山,一定要吃一个烧饼。常山的烧饼好吃到什么程度?有个朋友回忆十多年前,他还在常山的小县城工作,半夜十二点,北风呼啸,想起烧饼好吃,就馋得要死。小县城有几家夫妻档是做烧饼的,晚上八九点钟摆出摊,清晨五六点收拢,即便是天寒地冻,摆摊的人风雨无阻,买烧饼的人也不见不散。瑟瑟风中,冒着烟的烧饼摊子前总是围着十几二十人,缩项抱臂,跺脚搓手,眼巴巴地排队,口水流了三尺长,就为等着那热乎乎的烧饼出锅。

这样的热烧饼,你要当心,一口咬下去,辣得你热汗直流。就算什么三九严寒,吃完一个烧饼,头上冒烟,浑身都是热乎乎的。

说是一个辣,其实每个烧饼摊出来的味道都不太一样。面揉得到不到位,饼有没有嚼头,辣够不够劲爆,那极其细微的差异,外人尝不出,但是久居小城的人们口舌精刁,再清楚不过。他们有时拿到一个烧饼,一口下去,就知道是哪个摊子上买的,甚至,是这个摊子的男人做的,还是他老婆做的。你还别说,老食客就有这么神奇。

前不久,我兴之所至,到小县城牌楼底的一家小吃店吃面。那家小店开了几十年，一直是几桌小方桌，只可容纳十来位食客。这种小吃店的格局，总让我不由自主地想起小津安二郎的电影《秋刀鱼之味》来。我点了一碗手工面，要了一个烧饼；烧饼油漉漉的，两面焦黄；面碗里漂着粒粒绿色葱花，也漂着干辣椒面的强劲味道，咬上去，面条的口感极是筋道。

每个小城，都有几家传奇似的小店，似乎与生俱来地陪伴着小城人们的生活。小店，开店的人，吃面的人，来来去去，数十年没有变过，只是相互看着对方一点点变老了。小店提供的食物，也数十年没有变过，无非是手工面、馄饨、烧饼，依然有限的几样东西；连味道都没有变过。小城出生和长大的孩子，考上了大学，到大城市工作，后来又去了西雅图生活，很久很久以后回来，穿着整齐，携着妻女，来到熟悉的小店吃一碗东西。譬如一碗手工面端上来，男人一口面夹到嘴里，猝不及防地被辣椒呛了一口，咳了又咳，眼泪一下子就下来了。妻女坐在小桌的另一边，怆然地望着他，妻子没说什么话，起身去倒了一杯水给他。小店的主人，也是后来才听说的，那男人家里的老人已然故去。不知道这男人，还有他的妻女，什么时候还会回来，吃一碗小店的手工面呢。

一碗乡愁的面

是被鞭炮声催醒的。乡村的夜晚从来没有这么喧闹过，鞭炮声从十二点的集中爆发之后一直稀稀落落地持续，到了清晨五六点钟，村庄中全面响起的爆竹声已经把每一个人从睡梦中叫醒。正月初一的开门爆竹，是要赶早的，起床也要赶早，平时再怎么贪恋温暖被窝，这一天也早早起床了。

厨房里传来碗锅叮当声，乡下老屋梁高，鱼鳞瓦片下，整个厨房氤氲一片白色的雾汽。雾汽中，一年到头从不下厨房的父亲，腰上别着花围裙，正笨手笨脚又满脸喜气地忙着往沸水锅中下面条呢。

我们老家在浙西乡下。不知道从哪个年头兴起的习俗，我们家每年的正月初一这一天，都是父亲下厨，这也是父亲一年里唯一全天当家庭主男的日子。母亲在厨房辛苦的身影，从年头到年尾，只有正月初一这一天落得轻松，当起甩手掌柜，充任"艺术总监"现场指导工作。这一天母亲不缝缝补补，不洒扫庭院，不下溪浣衣，不下厨烧煮，就连早上这一碗长寿面，也是由父亲来煮的。

正月初一头一顿，我们家年年岁岁都是老花样：一碗长寿面，一盆煮年糕。年糕是自家舂的，初一必吃，寓意"年年高"，似乎各地大同小异；一碗长寿面，却与别处不同，颇有些说头。

老家人常吃的面条有两种，一为"洋面"，尺把长一捆捆十分整齐，面条略宽，是由机器轧出来；另一为"索面"，面粉里加盐，一道道工序手工制成，捆成丫鬟的"8"字型发辫一般，丝丝纤细。过生日或正月初一清早，老家人都要煮索面吃。索面是最为隆重的出场。正月里头拜年，客人刚进门，头一件事也是请你吃一碗索面，那碗热辣辣油汪汪的索面，是最热情而质朴的待客之道。

腊月里，家家户户都要备足了索面，接下来的一个月里，要消耗掉多少索面呀。正月里的面条之旅，是从初一的清晨开始，从第一碗饱含着亲情之温暖的面条开始。

我和弟弟、妹妹洗好脸，陆续来到厨房，父亲听到我们的脚步声，就已经把准备好的面条下锅——此时，一锅水已然是煮沸多时了。父亲和母亲就在柴灶前坐着，说着闲话，等着我们起床呢。灶台上已经摆好了一排大碗，这是面条的汤料——这汤料里是猪油、生抽、生姜末、红辣椒、葱段，红的红，绿的绿，白的白，黄的黄，令人赏心悦目。面条下锅前，舀取一勺沸水，把碗中的汤料泡开。此时，绿的葱段和黄的生姜、绿的辣椒，浮在油花上面，十分引人食欲。

　　索面在沸水中煮三分钟即可，长长筷子捞起，一一分到几碗中。妹妹要挑最小碗的，弟弟要挑最大碗的。妹妹是胃口小，弟弟是爱吃这索面。等我们各自挑了一碗，父母也各端一碗，我们齐齐鱼贯而出，到厅堂吃面去了。

　　这索面，一定要辣的才好吃。我们兄妹三人，小时候是极爱吃辣椒的，后来出门读书，一年难得有寒暑假回家来才吃上辣，吃辣的本事竟然退化。我一吃辣就要出汗，弟弟更是如此，然而这一碗面，仍然要求放很多辣椒。倒上"镇江陈醋"，拌匀，香气四溢啊，忍不住吞一下口水，喉结不由自主上下滑动，赶紧开吃吧！

这只是一碗普通的索面,却实在不是一碗普通的索面。

等我们把这碗索面吃完,连汤都喝完,额头已经满是热汗了。尽管这时屋外天气寒冷,屋内我们仍然吃得热气腾腾。吃完这碗面,再吃几根年糕,年糕是要蘸着芝麻糖吃的。刚吃完一碗咸鲜热辣的索面,再来吃两根香甜糯软的年糕,味蕾完全是不一样的欢娱。此时,搭配年糕的是白米粥汤——煮得稠稠的白米粥汤,喝到胃里实在是熨帖得很。

整个正月里,我们不断出门拜年,也会不断在别人家里吃到一碗又一碗索面。私下里我和弟弟妹妹都会说,吃来吃去,还是自己家里的索面好吃。

其实,这是一碗很简单的索面,做法一点儿也不复杂,但是每家每户端出来的一碗面条,味道往往都不同。同样有猪油,有生姜末,有绿的葱段和红的辣椒,但别人家煮的面条始终吃不出自己家的味道。就像母亲每年过年都会做的一道菜"素鸡",永远在别处吃不到,就算在再高级的宾馆饭店,也没有办法。

我们在吃的时候,父亲母亲总是看着我们吃,一边看一边说,多吃点,多吃点。

过完了春节七天假期,我和弟弟妹妹就远离老家,各自奔赴千里之外的城市。在一年之中漫长的时光里,我们都会无比怀念那一碗面,那一碗正月初一早上的、无比简单却无比温暖的、煮进了无尽的乡愁的索面。

照过很多相的茄子

茄子,常山腔叫"落苏",是吴语方言。

我乡里人话,"确哦哩"。赣方言。

十六岁以前,我说不了常山腔。乡下去城,不过十里,却说不了城里话,这被人耻笑,就只好拼命掩饰。好在读过书了,有文化——就讲普通话。文文绉绉,装模作样。问:"这茄子多少钱?"——结果,还是被人耻笑。欲盖弥彰。

丝瓜也不好叫。

乡里人话,"放喧"。

我怎么也想不通,丝瓜不言不语,并不喧;收敛含蓄,也并不放——怎么就叫"放喧"。夏天我躺在丝瓜架下竹床上睡午觉,只听得马蜂在丝瓜花瓣中嗡嗡嗡,嗡嗡嗡,丝瓜垂首，默想自己的诗句。

那日子平淡安稳。纸屏石枕竹方床，手倦抛书午梦长。一觉醒来，"放喧"又长了若许。

十六岁以前，夏天吃"确哦哩"吃到腻味。都是削了片，浸在水里，捞起来用油炒了吃。

夏天乡下蔬果多，不是黄瓜，就是茄子，再是丝瓜与辣椒。满树满畦都是黄的红的紫的，不吃就要烂在那里。

黄的黄瓜，红的辣椒，绿的丝瓜，紫的茄子。我们乡下说紫色不说紫色，说"确哦哩色"。

初中毕业后，村里的凤英外出打工——到杭州，已经是天遥地远。写信回来，说大城市里人烧茄子，是整根整根，不切，也不放酱油不放盐，直接蒸起来，白乎连天，不能下咽啊。

凤英妈一边听人念信，一边直抹眼泪，说女儿受苦了。

白乎连天的茄子，便成为村中孩子们的噩梦，觉得大城市真可怕。

别的年轻人，大约也就是从那几年开始离开村庄的。一个接一个。初中毕业的，高中毕业和没毕业的，纷纷都去了杭州、温州、宁波、上海。那时大家不知道一句话，倘要是知道，一定豪情百丈地说：

"除了眼前的村庄，我们还有打工和远方。"

很多年以后，我来到2016年。我在杭州某条马路上，进一间新疆人开的西北面馆吃饭——吃的是，茄子盖饭。

茄子是好茄子，那米饭却不好。未熟透，嚼起来夹生，好像置身高原之上。高原上气压不足，沸点低，什么都好像煮不烂。

那茄子一片一片，油光发亮，炒得相当入味。

我经验里，最好的茄子盖饭，得是整根整根的，不切，也不放酱油不放盐，直接蒸起来——然后下锅拍烂，下豆瓣酱，炒起来盖浇在米饭上，端出来，有红的辣椒丁，绿的蒜叶，引人食欲。

乍到杭州那一年，我看人在街头拐角吃葱油拌面。吃的人西装革履，居然是三下五除二，不管三七二十一，不到三分钟吃完一碗，抹嘴，递上两块钱，走人。干净利索。我就觉得——潦草！

太潦草了。

这就是城市人的生活？连顿午饭都这么寒碜与辛酸。

想我在小城生活时，天塌下来，也必是三菜一汤。就如同我在四川时看到当地人，地震过后房子塌下来，他也在残垣之处埋锅造饭，炒一碗回锅肉。

所以，城市人也并没有什么值得羡慕的，至少一顿饭也没有好好地吃。

后来我在城市待的时间长了，慢慢习惯。一碗葱油拌面，那是正常的午餐。一碗茄子盖浇饭，也是轻奢了。"开封菜"（KFC）里几块垃圾食品，也可以是一顿啊。沙县小吃生意火爆，不是因为有多好吃，而是因为快捷速饱。花生酱拌面，蒸饺，鸭腿饭，大肉饭，卤蛋，都是熟悉的味道。

乡下生活讲究一个慢字。什么都可以不讲究，吃饭要讲究——细嚼慢咽。到了城里，什么都讲究，吃饭最不讲究——必须快。

当然也有讲究得不像话的，把茄子弄成茄鲞，花费几只鸡。那是糟蹋茄子，跟快慢无关。

浙西开化，还有一样菜，是茄子干。

冬日，炭火一盆，咸肉里煨辣椒干、笋干、黄瓜干、茄子干（我还没有在别的地方吃过茄子干）。大美！那样的冬日，再温上一壶黄酒，跟朋友一起慢慢喝着。日头长久，没有什么事催人去做。

那，才叫讲究。

照相的人，喜欢对着相机说"茄子"。

其实我以为，说"确哦哩"，照片会更萌。我不打诳语。

萝卜上署着农人的名字

竹峰写了一篇《萝卜干与茶以及围垦》,去过萧山之后。

竹峰喜欢萝卜干。他在以前的一篇文章里写过,"午饭时吩咐店家从湖里拽出竹篓,是鲜活的白丝鱼,活蹦乱跳,只见得鱼嘴阔大,全身细鳞皆白。吃两三只螃蟹,饮五六杯黄酒,还有金黄的萧山萝卜干"。然后又说,"萧山萝卜干是我吃过的最好的萝卜干,生脆鲜甜"。

那次我也去了萧山,我写了一篇什么呢?——没有写到萝卜干。因为那次没有吃到萝卜干,自然,我也不能说出"萧山萝卜干是我吃过的最好的萝卜干"那样的话。

但是,萧山萝卜干太有名了,几乎成了"传统文化"。

以至于萧山的城市发展、数字经济、自然风光同样优秀,人家想起萧山,还是会想起萝卜干。如果,我是说如果,硬要一比的话,恐怕萧山萝卜干的知名度堪比萧山机场。

这是开玩笑的话了。我其实吃过很多萝卜干,用油和红辣椒一同炒起来,早上用来下白粥,最是相宜的。只是我并不知道,它到底是哪里的萝卜干——西南的萝卜干偏辣,中南的萝卜干香辣,江南的萝卜干甜酸。有一次,我从网上买了几斤萝卜干,异常好吃,配粥,下酒,都很有风味。翻出包装来看一看,这一看才晓得,包装上写着"萧山萝卜干",邮发地却是在宁波的余姚。

我只知道,余姚的杨梅和笋干都很好。从地理距离上来看,余姚与萧山并不遥远,大约风物也相似。笋是从地底下长出来的,萝卜也是,能出好笋的地方,必也能出好萝卜,这两样东西都是汁多肉嫩、甘鲜美好之物。笋在地底下,凭借竹鞭四处蔓延生长,小小的竹节上萌发出来,你不知道下一颗笋会在哪里冒出来。萝卜不一样。萝卜是一个萝卜一个坑。你在一个地方播下萝卜的种子,萝卜一定只会在那里长出来。萝卜是个老实人。

萝卜老实,故我老家也有很多。父亲每年都会播种一些萝卜,不只我一家,我们村人家家都会播种一些萝卜。这样到了冬天,下雪的时候,家家都能用萝卜煨肉骨头了。一个陶土钵子,架在炭火上,慢慢地煨出一钵萝卜来。萝卜切成滚刀块,乡下萝卜本来就大,五六个滚刀块就把一个陶土钵子装满了。早些年,大家都以萝卜块煨肉骨头为幸福生活的标准,冬天里要是天天能煨一钵出来,必是小康之家。萝卜少,肉骨头多,那就更幸福一些。这几年,乡下饮食又有了新变化,肉骨头已然不是什么奢侈的事了,清水煨萝卜才奢侈。下雪天里,煨出一钵的清水萝卜来,放几粒盐花,几粒葱花,吃萝卜喝汤,那叫一个鲜甜甘美。

好的萝卜,地里拔出来,半小时之内洗净下锅,最佳。二三小时内下锅,亦佳。隔天下锅,味道就少了一半。要是放上两三天,那就不是萝卜了,没有意思了,只好切条晾干,用盐巴抓一抓,做成萝卜干。

有一年冬天,父亲早起,从菜园子里拔了七八棵萝卜、七八棵青菜。父亲抖去菜叶上的晨霜,用七八个塑料袋分装了,放在我车子后备箱。中午我到了杭州。那时,我还在杭州的报社当编辑,给同事们一人一袋,每一袋里是一棵青菜和一棵萝卜。

晚上，同事甲、同事乙、同事丙，都给我打电话：你们家的青菜和萝卜为什么这么甜，为什么这么糯，为什么这么好吃……我都好几年没有吃过这样的青菜萝卜了。

这样的赞美，令老实的萝卜青菜感到羞愧。其实不过是乡下常见的萝卜和青菜而已。

我后来琢磨这个事，觉得有一片自己的菜园是挺奢侈的。有一片自己的水稻田也是挺奢侈的。只是，农人的劳动价值尚没有真正被大众认知，就好像，一棵好青菜和一棵好萝卜的价值并没有真正被大众所认知一样。

两年前和稻友们一起去日本旅行，看到日本村庄的集市上，一斤大米卖到一百多块钱，大米和蔬菜上还有种植者的照片与名字。我看到那些农民脸上，有自豪和自信的笑容，很受感染。我觉得我们老家的农民，有一天也会有这样的笑容。

每一棵好的青菜，每一棵好的萝卜，都隐藏着一位农民的名字。就像文人写一篇文章有自己的署名一样，在每一棵萝卜之上，也署着一位农人的名字。

浅渍的味道

八月天气凉。还有些微的小雨。去田间路上,看见青枣都已成熟。稻田是浓墨重绿,有些心急的稻丛已经抽穗,大多数还是静静地孕育,大着肚子。只需五六天,这些大肚子的娘们儿就可以吐露所有的秘密:禾穗会抽出,开花,然后奋力灌浆。白色的米浆在烈日下浓缩。所以八月天气应该还是要热一热的:灌浆之后,稻谷将在烈日下成熟。如果一直阴凉,稻谷的成熟将不会那么酣畅。

此时辣椒已经成熟,门前一小畦辣椒地里,挂了很多红辣椒。摘了一簸箕,切碎,晾在风中。

自家的辣椒一点儿不辣,肉厚,并且还甘甜。这是自家留的品种,不是从市场上买的辣椒苗。自家品种,成熟之后，把辣椒的籽留下来，晒干，明年又播种，这样一年一年流传下来，辣椒还是那些辣椒，跟去年的辣椒模样儿像，就连脾性也像。这样，农人与辣椒知根知底，大家比较好相处。

那些从市场上买来的辣椒苗，就像半路上捡来的牛犊子，你不知道它会是什么样的脾气。有人嗜辣，满怀希望地种一畦辣椒，结果却一点儿不辣，那是十分令人沮丧的。有的人独爱辣椒的肉厚，红透时甘甜，譬如我，要是摘得一篮子暴烈如火的辣椒，那也真是束手无策，呆若木鸡。

……就把这晾干了的红辣椒切碎，又拍了几粒大蒜，剁成蒜蓉，在大盆里与盐、糖、酱油、豆豉等拌匀。浅渍三小时，有辣椒汁水浸出。继续渍。过半天，就很好吃了。

这是从小在夏天时爱吃的食物。我现在不怎么吃辣，觉得是辣功能减退，其实回到老家，才发现老家的辣椒依然好吃，也不怎么辣。故乡就是这样，一枚辣椒一棵树，一截子小路和一片矮山坡，都那么令人感到舒服。这是时间培育的默契。我在夏天，就把那样渍过的辣椒拿来配饭和下粥。一碟子红辣椒，一碗雪白的粥，就再也用不着别的菜了。

日本人也喜欢这样渍东西吃。这样短时间腌制的方法，杭州人叫作"暴腌"，暴是又猛又急的意思，很多人误会了，写成"抱腌"；日本人叫作"浅渍"，又叫"一夜渍"。杭州的日料店里，有很多这样的渍物，有的是味噌渍，也有酱油渍、海盐渍。听一位在日本待过几年的友人说，他们多把水果蔬菜拿来做浅渍，譬如把黄瓜切碎，用点盐或酱油抓揉，腌渍一个晚上，第二天打开，就成了美味的下饭菜。

溪里抓来的鱼，用酱油微微地渍一下，晒干，炒起来特别香。但渍辣椒、渍黄瓜之类，我们家从来不上正席，只当作是一样开胃的小菜。要是有客人来，我们是不好意思端上桌的。但在日本，就把渍物当作好东西了，渍的方法也花样百出。之前看到他们还有一种专门用来做浅渍的玻璃罐子，罐体是小巧的样子，盖子却很重，大概有分量才可以压住食材吧。以前我们在家里自己做渍辣椒，一般不用什么东西压着，只是在冬天做腌冬菜的时候，拿一块大石头压着，压上十天半个月。冬菜吃完，那块大石头也因天天泡在菜汁里，变得青绿，我对着那块石头发愣，总觉得那块石头也很是入味了。

浅渍这名字好听。浅是一种程度，但它渍的其实是时间。如果叫成"短渍"就少了许多意味,"一夜渍"比较有故事——用来做一个短篇小说的名字是很好的:一个人出去,遇见了另一个人,有了一个晚上的故事。在很多都市人看来,这事儿清浅,没什么大不了的,实际上如浅渍一样,已经渍入内心。

甜意充盈的夜晚

悄无声息地走路,悄无声息地进屋。掩上门,还得闩上。说话也低声静气。

仿佛生怕惊动了什么。

写文章前,我特意打电话给母亲:做米爆糖的夜晚,为什么那么神秘。

母亲说,没有啊。那么晚,你们都睡了。

我们确实都睡了。挨不住。灶膛里大块的劈柴熊熊燃烧,热量散发出来,把人暖得睁不开眼。一只猫,早早蜷在灶后的猫耳洞里,舒适地打着鼾。

次日清晨我们醒来,一列一列的米爆糖,早就整齐地躺在案板上,散发着好看的光泽。一只一只的洋油箱,装得沉沉的。

有米爆糖的冬天，令人感到心满意足。漫长无聊的冬天，有孩子可以随手拍打，有甜食可以随手取食，拧开十四寸电视机有1987年版《红楼梦》可以看，尽管屏幕上的雪花点比屋外雪花还密，没关系，该心满意足，就得心满意足。

可我仍不罢休。我问母亲：制米爆糖的夜晚，是不是有什么禁忌——小孩不该知道的？

母亲说，没有什么禁忌啊。

米爆糖的夜，空气是甜滋滋的。父亲早早买了白糖，以及麦芽汁——我们叫"糖娘"，不知道为什么叫糖娘。母亲早早炒好了米花。晒干的大米，在铁锅里用细沙同炒，米粒纷纷怒放为花，一朵一朵，纷纷扬扬，在黑色的背景里竞相开放的白色，那么好看。

现在，要用糖，那甜粘之物，把一切散落的，纷扬的，一个一个汉字一般的米花，凝结成句子、诗篇、文章；凝结出秩序、队伍、大地。

真的，糖，就是灵感。

糖娘就是灵感之娘。

这样一想，我就知道了，制米爆糖的夜晚为什么静悄悄。灵感是一种敏感的东西，稍稍的慌张，一点点牵强，十秒钟游离，都可以轻易地将它赶跑。

所以，制米爆糖的师傅，是十二月行走在村庄的诗人，身上带着甜味的诗人。

米爆糖师傅在村庄里为数不多，他们掌握的秘密是一般人无法知晓的。他们入夜行走，披星戴月（有时披雪戴花），穿越黑黝的田野，冗长的木桥，穿越零星的狗吠，高远的鸦声，走三四里路，去某一户人家。

来了？

嗯，来了。

冷吧？

冷。这雪大的。

快到灶前坐下。是的，熊熊的灶火，用温暖裹挟了他。一大缸热茶已经备好，此时递到他的手上。一支烟，随手从灶膛里抽出一块柴火，点燃。

好了，一个被甜意充盈的夜晚就此开始。糖在锅里，糖娘在锅里，米花在锅里，这些东西一块儿搅动起来，夜也就被搅动起来。当米花与糖搅到一定程度（具体到什么程度，由掌勺的诗人决定），迅速地取出，热气腾腾地，倒进木案上那个"口"字形木架子间。穿上新鞋子的人,站上案板去踩。踩那些米爆糖,直到它非常坚实(一篇好的文章,文字与文字之间也具有这样稳定的结构:一字不易,密不可分)。然后动刀,先切成条,再切成片。嚓嚓嚓嚓,嚓嚓嚓嚓。

门是关紧的,风都吹不进。这让诗人感到踏实。有一次,在搅动一锅甜意的时候,门突然打开,一阵冷风吹进来,诗人心中一紧,手里一沉,锅里嘟噜嘟噜冒泡的糖液立时收了下去,熄了,干了。

他说:有什么东西来过。他的原话是,有什么"脏东西"来过。

有了脏东西来过,那一锅米爆糖再也无法凝结。松松散散,像一堆突然从树上掉落的叶子,像一篇被写坏了的文章(一个不喜欢的人的电话就轻易地打扰了写作进程),令人灰心。

明白了,这就是制米爆糖的"禁忌":忌外人串门,忌随便开门,忌高声谈笑。

我离开村庄很多年,这样米爆糖的夜晚也久违了。听母亲说,村庄里大家都不做米爆糖了。原因能想得到——现在大家不缺吃的了,想吃什么,随时可以进城买到。

母亲说,现在城里就有当街做米爆糖的——就在街边,大白天的,一锅一锅做——不也做得好好的吗?哪有什么禁忌。

我却觉得,生活其实需要一点仪式感。

为什么我们的生活变得缺少趣味?

因为我们失去了那些门闩得紧紧的,悄无声息的,甜意充盈的,夜晚。

笋干、笋油与火锅底汤

笋的文章我先后写过万把字了,但是总也写不完。就像年年挖笋,笋却总也挖不完一样。笋是当季的食材,过了季就变得稀少。比如我们山里人,虽然春天总有鲜笋吃,可是到了其他几个季节,想要吃到也并不容易,于是只好吃笋干。春天里,再多的笋是从来不舍得丢掉的。

其实,吃货大多是吝啬的。有一次我翻《养小录》,读到里面一则,说的是怎么利用腌肉的盐水——"腊月腌肉,剩下盐水,投白矾少许,浮沫俱沉,澄去滓,另器收藏。夏月煮鲜肉,味美堪久。"一坛子腌肉的水,一直从冬天藏到夏天,这不是吝啬是什么。

古人不仅腌肉,也腌雪。"腊雪贮缸,一层雪,一层盐，盖好。入夏取水一杓煮鲜肉，不用生水及盐酱，肉味如暴腌，肉色红可爱，数日不败。此水用制他馔，及和酱，俱大妙。"这就令人称奇了。听说腌过的雪水妙用甚多，夏天一勺，清热解暑；若是碰到烫伤之类，也可消炎祛毒。用腌过的雪水来腌肉、腌鱼，也有高妙之味。

腌雪这事我没有做过，我只知道腌雪菜。一层菜一层盐，又一层菜又一层盐，层层地码进一只大缸，再让小孩赤脚上去踩。这就是腌雪菜，也叫腌芥菜。杭州稻友曹晓波，小时爱吃菜卤豆腐。菜卤，就是腌芥菜剩下的盐卤水。杭州人也不舍得倒掉，放在那里，宝贝得很。到了关键时候，拿来煮东西——听说，这卤水拿来煮毛豆和萝卜丁，晒干，经年不坏，味道极其鲜美。

再比如说笋，南方的妙物。我一位友人，久居京城，看我南人常有笋吃，深为妒忌，以为上苍待南方偏爱也。我们南方人做笋干的时候，要把笋切开，下锅中煮，煮到笋肉熟软了再用笊篱捞出，拿出去压榨、晾晒成笋干。那么锅中煮笋的黄色汤汁怎么办呢？也不舍得随便倒掉的，继续加入盐和笋肉，继续慢慢地熬。时间久了，锅中的笋汤就变成了黝黑滋润的深色，跟酱油一样，这就是笋油。

这样的笋油，味道咸鲜浓郁，苏州人是当作宝贝的。他们煮面的时候，有两样秘密武器，一个是蕈油，一个是笋油。在一碗汤面里，放几条笋干，再浇一匙黑黑的笋油，便是笋油面，一筷子面吸进口中，哎哟，鲜得掉眉毛。

笋的老箬头，常山人总是随便丢掉的，绍兴人可不这样。他们把一些箬头切开，晒干，夏天拿来煮菜根汤吃。这种菜根汤，不放一滴油，大碗的汤里只漂着几根菜干，几片笋干，有时扔几粒河虾在里面。这汤看着不起眼，实在也是很鲜美的，夏天喝尤佳。汤里的笋干和菜干，有时又是咬不动的。但是，嚼一嚼，嚼一点鲜味出来，再把渣渣吐掉。我听说还有人把笋的老箬头，用切药的刀一片片切下来，再磨成粉，当成调味品来用的——那可真是笋能享受的最高待遇了。

在真正的吃货看来，没有什么食材是可以浪费的。世上本没有垃圾，只有放错了地方的宝贝。有一次我到重庆去，听一出租车司机说，他们家里吃火锅，火锅底汤永远不舍得倒掉，只会把汤料仔细地保存下来，冻在冰箱里。下一次吃火锅时，再拿出来加汤加料，一轮一轮地煮下去。听说这样的汤料，算是饮食精华，可以作为家族财富传承给下一代。

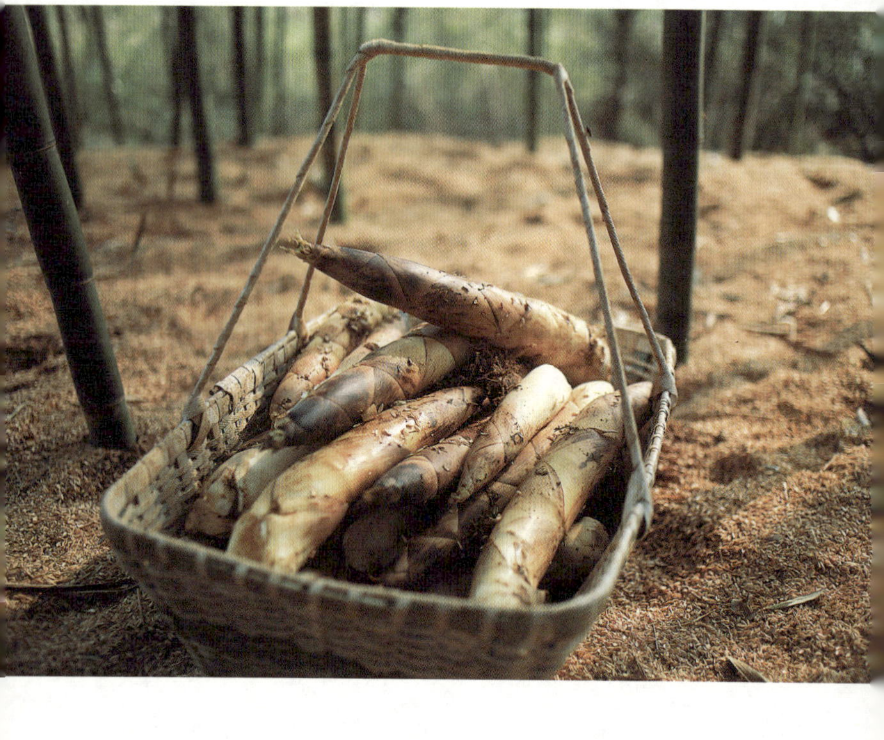

夹饼记

奇怪得很，有的食物一段时间没有吃到，就会惦记。比方说，炒粉干。再比方说，烧饼。常山烧饼有特点，第一是辣，第二是韧，第三是鲜。有这几个特点，马路边上烤饼小摊一摆开，那就香飘十里了，永远有吃客在排队。永远有人心急火燎地赶回去，就是为吃一只烧饼，吃一碗炒粉干。

清明那天，城南大堵车，都是上坟的车辆。也有交警站在车流中间指挥，却也不见路况好转，长时间仍是动弹不得。前面有人索性把车往边上靠了靠，下车就去买烧饼吃。城南头上，往虎山公园去的小巷口有一个烧饼摊，有两个妇人在做事，左边一头炸臭豆腐、炸油煎馃，右边一头就做饼。排队的人不少。烤饼出炉慢，要等好几分钟，才一个个滚烫出炉。等到的人,忙喜滋滋地伸手:"这个我的,这个我的!"拿了烧饼,再递给左边妇人:"阿姨,帮我夹块臭豆腐,再夹个油煎馃!"

常山夹饼,"标配"是臭豆腐和油炸馃都夹——很多人从小吃到大的美食。晚自习下课,学校里出来的中学生,回家路上挤着买夹饼——实在是辣啊,小城的人,隔三岔五吃夹饼,每次都会把肚子辣痛,但是下次又会忍不住去买。这种情绪,大概只有从小吃臭豆腐夹饼长大的人才懂吧。考上大学,在外地城市工作了,再回来也一定要去吃夹饼的。长久没吃了,这就已经受不了,一口进去,眼泪鼻涕就一起下来了。

那天我也在路边停了车,等着买两个夹饼,足足等了一刻钟。好在可以偷听人聊天。一个姑娘说,每年上坟回来路过,一定会买两个夹饼吃吃,这就变成清明节的仪式了。做夹饼的妇人忙得很,手上也没停,只是抬眼望了望她说,哦,你啊,我记得的,年年都来的哇。那时你还在上初中哦,就来买我的烧饼吃。姑娘说,对对对。妇人说,你现在"妹妹"都有了吧?——常山话里,"妹妹"是娃娃的意思。姑娘有点不好意思,大声说,去年介么结婚,哪样着急呢。妇人说,那是,那是。

烧饼好了,姑娘拿了两个,照例也是"标配",分别是臭豆腐和油炸馃都夹。臭豆腐里辣椒红艳艳的,还有干辣椒酱,一看就辣得不得了。饼破开,臭豆腐和油炸馃香香辣辣地夹好了,姑娘拿在手上,说,一个是给老公的,老公外地人,吃不了这么辣,但是也要让他辣一下,把他辣哭。

"他是第一次来上坟呢!"

姑娘扫码付了钱,要走了。做饼妇人又抬头,问,你再几时归啊?

姑娘说,得也是明年清明了吧!

妇人点点头,说,好,那再来吃我做的夹饼。

姑娘走远了,妇人说,这个娜妮啊,生得"样遮嘚"(常山话里,"这么漂亮")。那一年读初三哦,她在这里买烧饼,两个男同学都给她买了,都要她吃。她屁股一扭,走了,一个都弗吃。那两个小男孩,把饼摔了,干脆打了一架。

妇人手上没停,嘴上也没停,买饼的人都笑起来。

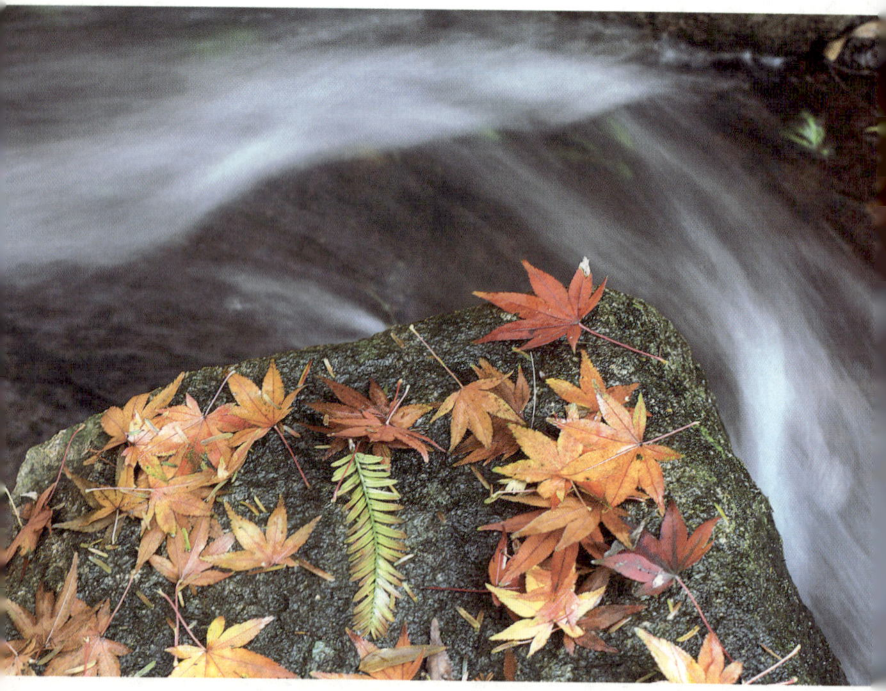

招贤酒

林下一溪春水。

林上数峰岚翠。

中有隐居人,茅屋数间而已。

无事。

无事。

石上坐看云起。

我不说出来,你不会想到这是元朝人王容溪的一首词——多像一篇散文呀。

石上坐看云起。无事,无事,不如一起喝酒。

林上数峰岚翠,林下一溪春水,此时此刻,宜喝一壶酒啊。

有一次，一位朋友远道而来。已是黄昏，一时不知干什么，就去湖边走走。

那时候，湖边是有很多人的。天色尚好，我便顺手从工作台上拎了一小壶黄酒，拿上两个饮茶的小陶杯，就出去了。

到了湖边，上了一艘摇橹船。

这么说吧——这辈子都没有那样喝过酒了。夕阳西下，湖面上微风习习，渐渐暮色四起，湖上有了一层薄薄的朦胧之色。彼时晚霞在天边，瑰丽的色彩倒映于湖中。悠悠荡荡之间，你一杯，我一杯，人就有了一点微醺。

不过是浅斟几盏黄酒啊，若在平时，酒量断然不只有这一点，却居然摇着荡着，就有点醺醺然，浅浅的醉意，不知道是酒喝的，还是船儿摇的。

那摇橹的船公，见此也羡慕不已，说，还是你们懂得这湖上的味道。

他把船儿摇过一拱桥，渐渐避开人群，带些神秘地自语道，去拎拎看有没有鱼。看着宽阔水面，我们都不知道是哪一片地方，船公却认得准，在一片水波处径自搁下船橹，蹲于船头，从水中轻轻挑起一根细绳，缓缓地拉起来。

这里不准下网，我闲着也是闲着，偷偷放下去的。船公有点儿不好意思，说，你们可千万不能说出去——我下这么一个网，要是能捉到一尾两尾鲫鱼，晚上就有下酒菜了。

我们听了直说，好的好的。

船公把网拉上来，果然，有一尾手掌宽的鲫鱼。

他用个网袋，把乱跳的鱼儿装了，塞在船舱木板底下，然后继续摇着摇着，把船摇到湖面中间去了。摇了一会儿，居然哼起小曲儿来。

我和朋友把一壶酒喝空了，在杨公堤那边上了岸。暮色一会儿就在林间浓郁起来。

上次，我回老家，有两个朋友找我喝酒。其中一位，说到老县上曾有一个古道的渡口，叫作招贤渡。又说到招贤渡曾有许许多多来往的客，有一位叫作杨万里的，老是经过那里，就写了诗。其中有两句："一生憎杀招贤柳，一生爱杀招贤酒。柳曾为我碍归舟，酒曾为我消诗愁。"

他们说，如果要酿一个酒，就可以叫作"招贤酒"。一生爱杀招贤酒，这是多好的广告词啊。

众皆抚掌大喜。

我却无来由地，想起那一次湖上喝酒的事来。

后 记

这个新集子里，都是关于故乡人事风物的文字。这几年我一直都在持续书写故乡，从《下田》开始，到《草木滋味》《草木光阴》《一饭一世界》，再到《一日不作，一日不食》，盘点一下还真令自己惊讶，不知不觉居然已写下这么多了。而这些，还只是整本的成书的文字，另有一些文章散落在不同的书里，或者只是在报刊发表过，尚未收进书中，估摸着也有不少了。

这一本的特别之处，在于用散文的方式，重新发现故乡之美。

写得多了，越来越发现散文并不好写。散文真正的难处，并非在于题材局限（写什么），而在于叙述的方式，或者说腔调（怎么写）。腔调没有找好，一首歌就跑调了。散文肯定不是报告文学，更不是新闻通讯，不是摄影纪实。照相机的方式肯定不是散文的方式。散文的方式应当是感受——感受力在散文的创作中，从来都是非常重要的。没有独特的感受和发现，也就不会有一篇像样的散文的诞生。

此外，散文还可以从现实中来，与现实贴得紧密一些。散文有它的时代性与当下性。散文不能一味从故纸堆里来。尽管散文精神可以从传统中来，但血肉应该是现实的生活。当下的生活如此热烈，可以用传统的散文精神去观照。

人所面对的问题，一千年来也没有变化过，无非生死、爱恨、对错、出入、存在与消失、短暂与永恒。散文所关注的核心，或散文精神，也因此不会有太大变化。这些当然也是文学的母题——我们借用文学的目光，去关注那些更加本质的东西。

我把这本书稿发给一位友人看。几天后，友人回复说，发现我的散文创作在发生变化——有变化总是好的，就怕不变。他对我的创作了解多一些。他认为我的散文每本都不一样，总是有一点惊喜。——于我自己来说，我警惕生活里的油腻与套路，更警惕文字里的油腻与套路。文字一旦油腻了,就是抛弃了写作的真诚之心,这将无药可医。变化与尝试,对写作者来说是有益的,哪怕并不成功,亦弥足珍贵。

我喜欢"真"的文字,哪怕它泥沙俱下;而不喜欢虚假的精雕细刻、字字珠玑。

不记得哪位大师说过,"作家就是那种写作困难的人",对此我完全同意。

本书中的这些篇目,大多已经发表。《山中月令》发表于《散文》杂志、《文汇报》笔会副刊,并被《散文选刊》转载;《把秧安放进大地》《人生果实》(发表时题目改为《飘香的胡柚林》)及《山里有座榨油坊》发表于《人民日报》大地副刊;《总有一些事物会记住曾发生过的一切》发表于新华社的《新华每日电讯》草地副刊;《食辣指南》《去闻一棵树》(系《树荫的温柔》节选)及《每座村庄都珍贵》等文发表于《解放日报》;《做戏》《我让萤火虫去接你》发表于《文汇报》笔会副刊;《水边的村庄》《柚花开满整座山》《为大地喝彩》等文发表于《中国自然资源报》;《会饮记》《陪花再坐一会儿》分别发表于《当代人》和《草原》文学杂志;《在常山喝茶》《半透明的葛》《歇脚之地》《萝卜上署着农人的名字》等发表于《新民晚报》夜光杯副刊，此外还有《书房一片月》等若干篇目发表于《浙江日报》《海南日报》《南风》《杭州》等报刊，《水边的村庄》《柚花开满整座山》等文章都被"学习强国"APP转载传播。就在本书即将付印的时候，我又得到消息，《树荫的温柔》一文刊发于《人民文学》杂志，《纸上的故乡》一文刊发于《雨花》杂志。

后记不宜絮烦，最后，郑重感谢常山县委宣传部在此书创作过程中给予的支持与鼓励，感谢诸多师友的鞭策，感谢家人的默默支持；还感谢张昭先生在本书出版时贡献了部分摄影作品，更感谢读者诸君的一路关照。

"中国之辽阔之巨大感染了我。"这是我喜欢的土耳其作家奥尔罕·帕慕克的话。我的家乡常山，是这辽阔巨大中国里一小枚邮票般大小的地方，但是她的美也同样如此辽阔和巨大。当然，如果我们无法懂得她的美，那不过是我们没有真正蹲下身来的缘故罢了。

周华诚

2021年7月15日